十万石を蹴る

居眠り同心 影御用 18

早見 俊

時代小説
二見時代小説文庫

十万石を蹴る——居眠り同心 影御用18

目次

第一章　やくざがお世継ぎ

一

今年の夏はひときわ暑かった。

酷暑であればあるほど冬も厳しい、とは本当だなと蔵間源之助《くらまげんのすけ》はつくづく思った。

文化《ぶんか》十三年（一八一六）霜月《しもつき》六日の夕暮れ、寒さひとしおだ。今朝、初霜《はつしも》が降りた。出仕《しゅっし》した時に往来を踏みしめるたびにきゅっと鳴った。手がかじかみ猫背《ねこぜ》となってしまうが、その音を聞くと、子供時分に帰ったようで、源之助は妙に浮き立ってしまった。

勤め先である北町奉行所から帰宅の途に就《つ》き四半時（三十分）余り、組屋敷のある八丁堀界隈《はっちょうぼりかいわい》に着いた頃には夕闇が迫っていた。

で、
一日が短くなったものだという呟《つぶや》きが白い息となって流れる。
楓川《かえでがわ》に架かる越中橋《えっちゅうばし》の袂《たもと》に至った。柳の枝が風に揺れ、袷《あわせ》の襟元《えりもと》を寄せたところ

「蔵間源之助殿でござるな」

中年の侍に声をかけられた。

源之助が軽く首肯《しゅこう》すると、

「杵屋善右衛門《きねやぜんえもん》に紹介された。それがし、美濃恵那《みのえな》藩小田切讃岐守《おだぎりさぬきのかみ》さま家来大浦喜八郎《おおうらきはちろう》と申す。江戸の藩邸にて公用方を務めてござる」

大浦は冬の薄闇でもわかる脂《あぶら》ぎった顔をくしゃくしゃにした。恵那藩は譜代《ふだい》十万石、公用方となれば、上士ということになり、禄高五百石はあろう。実際、眼前の大浦が身に着ける袷は値が張りそうで、仙台平《せんだいひら》の袴《はかま》はひだがぴんと立っており、寸分の隙もない。

杵屋善右衛門とは日本橋長谷川町《にほんばしはせがわちょう》に店を構える履物問屋《はきものどんや》の主人で町役人《ちょうやくにん》を務める分限者《ぶげんしゃ》、永年に亘《わた》って懇意《こんい》にしている。侍と町人という身分を超えた付き合いで、このところ碁敵《ごがたき》でもあった。

源之助は大浦に向き直って一礼した。大浦は少々お話がござると、言った。その秘

密めいた物言いは不穏なものを感じさせた。

「立ち話もなんですから、どこか……」

源之助は周囲を見回し、目に付いた茶店で話をしようと誘った。大浦は黙ってうなずく。二人は茶店に入った。木枯らしに寂しげにはためく暖簾《のれん》を潜ると店を突っ切り、奥の小座敷に上がる。茶と草団子《くさだんご》を頼んで向き合った。

「拙者に御用向きとはいかなることでしょうか」

美濃恵那藩といえば、歴代藩主の中には老中を務めた者もいる。三河《みかわ》以来の譜代《ふだい》名門だ。大浦は源之助に用があると言いながらいざ面と向かうと、話すことを躊躇《ためら》っている。それが、いっそうの深刻さを物語っているようだ。大浦を焦らせるのもよくないと黙っていた。やがて、団子と茶が運ばれて来た。

源之助はわざと団子を美味《うま》そうに頬張《ほおば》った。次いで茶を飲み、

「なかなか美味うございますぞ」

にこやかに語りかけた。

大浦はお義理で団子一つを食べてから膝に両手を置いた。そして、ようやく踏ん切りがついたようだ。

「蔵間源之助殿を見込んでお願いがござる。くれぐれも口外無用に願いたいのだが

「……」

「よほどのご用向きと想像できますが、ひょっとして御家の大事に関わることでございますか。だとしたら、町方の同心、しかも、閑職にある身のわたしには荷が重過ぎると存じます」

源之助は慎重な言い回しをしたが、閑職というのは謙遜《けんそん》ではない。

源之助が担《にな》うのは両 御組姓名 掛《りょうおんくみせいめいがかり》、町奉行所に属する与力、同心と家族の名簿作成を役目としている。与力、同心本人や家族が婚姻《こんいん》したり、赤子が誕生したり、はたまた家族から死者が出たりするたびに補足、修正する。捕物だとか、事件の探索、訴《そ》訟《しょう》沙汰《ざた》などといった花形部署とは程遠い閑職である。実際、南北町奉行所を通じて定員は源之助一人、通称居眠り番と揶揄《やゆ》されている。

「いや、町方同心、しかも、失礼ながら、定町廻りではない貴殿にこそお願いしたいことなのでござる」

大浦は江戸の町に精通した者でないとできない役目であることを強調した。俄然《がぜん》興味が湧《わ》いてきた。譜代名門の公用方が自分を頼る大事とは何であろう。

今回に限らず、源之助にはしばしば厄介《やっかい》な相談事が持ち込まれる。

居眠り番に左遷《させん》される以前は筆頭同心、しかも、鬼同心として捕物や探索の最前線に立ち、且《か》つ指揮を執《と》ってきた。その敏腕ぶりを頼ってくる者が後を絶たないのだ。

町奉行所で扱わない役目、表沙汰にできない役目、源之助は影御用《かげごよう》と呼んでいる。

出世には繋《つな》がらないし、褒美《ほうび》も期待できない。それでも引き受けるのは、居眠り番と蔑《さげす》まれようが、八丁堀同心としての矜持《きょうじ》を失ってはいないことと、八丁堀同心の血がどうにも騒ぐからである。

そんな源之助は、背は高くはないががっしりした身体、日に焼けた浅黒い顔、男前とは程遠いいかつい面差《おもざ》し、一見して近寄りがたい風貌が、かつて鬼同心であったことを彷彿《ほうふつ》とさせている。

「そうまでおっしゃられる役目を聞かせていただきましょう」

源之助のいかつい顔が綻《ほころ》んだ。

自分を頼られること、影御用になるかもしれないという期待が湧き上がる。

「当家の殿、小田切讃岐守さまは、今、ご病床にございます」

大浦は小田切家の内情について話をした。小田切讃岐守は五十五歳、労咳《ろうがい》を患《わずら》い、医師の診立てでは来年の春までもつかどうかであるらしい。

「不幸なことに、嫡男慶太郎《けいたろう》さまは、この夏に食あたりで亡くなってしまったのです。二十七歳の若さでございました」

つまり、小田切家で跡継ぎ問題が生じているのではないか。

「然るべき御家から養子を迎えられてはいかがですか」

大名家、旗本家にとって最大の課題は世継ぎだ。当主に男子がない場合、親戚筋、あるいは然るべき家柄の武家から養子を迎える。小田切讃岐守が重い病床にあるのであれば、養子の手続きを進めればいい。

「重役方も養子を迎えることを、殿には申し上げたのです。しかし、殿はそれを拒絶され、聞こうとはなさりません」

「それでは、小田切家は断絶してしまうではございませんか」

思わず、声が大きくなり慌てて口をつぐんだ。大浦はうなずき、

「実は殿には慶太郎さまの他に、慶次郎《けいじろう》さまという男子がおられます。その慶次郎さまを……」

そうか、慶次郎を連れ戻して欲しいということか。慶次郎は市井《しせい》に埋没しており、小田切家とは縁を切ったのであろう。小田切家へは帰りたくはないと言っているのではないか。市井から慶次郎を連れ戻すことを依頼したいに違いない。以前にもそうした御用をある大名家から受けたことがあった。

ところが、大浦は案に相違して意外なことを言い出した。

「いえ、慶次郎さまは既にお戻りいただいておるのでござる」

「ならば、めでたしめでたしではござらぬか」

源之助は疑念をぶつけた。

「ところが、そうではござらん」

大浦は顔をしかめた。なかなか本題に入ろうとしない大浦に苛立ちこそ覚えなかったが、複雑な事情があるのではと想像してしまう。

「貴殿にお願いしたいのは、慶次郎さまが、真の慶次郎さまであるのか、探ってもらいたいのでござる」

大浦は言った。

「素性《すじょう》が不確かということですか」

言葉には出さなかったが、素性を確かめもせずに、迎え入れるとはいかにも手抜かりではないかという気がする。その源之助の心の内を見透かしたように、

「慶次郎さまが、当家を出られたのは、十二歳の時にございました」

慶次郎は小田切家の分家である直参旗本山村彦次郎《じきさんはたもとやまむらひこじろう》の家に養子に入った。山村には子がなかったのだが、翌年、男子が生まれた。山村も奥方も、口にこそ出さなかったが、実子のことが可愛くなって仕方がなくなった。義母の心情は慶次郎に伝わり、次

第にぐれ始めた。そして二年後慶次郎が十四歳の時、

「山村さまの御屋敷から、金百両を持ち、何処《いずこ》へか出奔《しゅっぽん》されてしまったのです」

その後、慶次郎の消息はぷっつりと途絶えてしまった。

「それが、突然、一月《ひとつき》前のこと、藩邸を訪ねて来られたのです」

慶次郎は二十三歳に成長していた。小田切家を出て十一年ぶりのことである。

「突如、現れたというのはいかなるわけでござりますか」

「風の噂で、殿のご容態がよくないと耳にされ、一目、お見舞いにとやって来られたとのことでござった」

「御家を離れられたのは十二歳、容貌はずいぶんと変わっておられたのではござりませぬか」

大浦は、慶次郎がまことの慶次郎であるかどうかは、小田切讃岐守と奥方が認めたのだという。それと、慶次郎が小田切家を去るに当たって、奥方が持たせた国許にある武並神社《たけなみじんじゃ》のお守りを持参したという。そして、その中には、小田切讃岐守の名前で、慶次郎の将来に幸《さち》ありますように、と記されていたのだそうだ。

「では、本人で間違いないのではないですか」

源之助は言った。

「家臣一同も、その時は慶次郎さまに間違いないと喜んだのでござる」

しかし、後日、輿入れをした小田切の娘で慶次郎の姉、紀代姫《きよひめ》が父の見舞いに来た。

「紀代姫さまは、あれは慶次郎ではないと否定なさったのだ」

「いかなるわけで」

「慶次郎さまは、幼き頃共に遊んだことをほとんど覚えておられなかったそうじゃ」

「本当に慶次郎さまはお忘れになっておられたのではございませぬか」

覚えていない可能性だってあるだろう。

「むろん、我らもそう思い、紀代姫さまに確かめた」

紀代姫は、その時は一旦本物の慶次郎だと納得したのだという。しかし、紀代姫の疑念は去らなかった。それが、家臣にも不穏な空気を醸《かも》し出してきた。

「証《あかし》となったお守りがござろう」

「しかし、もし、まことの慶次郎さまから奪ったとしたら……」

大浦の眉間《みけん》に皺《しわ》が刻まれた。

「では、御家中でじっくりと確かめられてはいかがですか」

「それが、そうもいかぬのでござる」

大浦が言うには、慶次郎が戻ったことで、家中には慶次郎派とも言うべき勢力が形成された。

「ですから、慶次郎さまを疑えば、御家は割れる。御家騒動になってしまうということじゃ」

御家騒動となれば、幕府が黙ってはいない。転封《てんぽう》、いや、最悪の場合改易《かいえき》も考えられる。御家の存続こそが大事。だから、源之助に探索を依頼したいのだそうだ。

「承知つかまつった」

影御用というわけだ。

「かたじけない」

大浦は愁眉《しゅうび》を開いた。

「では、慶次郎さまが小田切家におられた時分のことをご存じの方々を訪ねたいのですが、そうだ、紀代姫さまも」

「承知した」

大浦は懐紙《かいし》を取り出し、筆を走らせた。一通は紀代姫への紹介状、もう一通は人名が二つ記されている。慶次郎の乳母《うば》だったというお久美《くみ》、今は小田切藩邸に出入りしている米問屋の女房になっているという。もう一人は笹原藤五郎《ささはらとうごろう》という剣術使いで、かつて慶次郎の指南役を務めていたとか。現在、浅草《あさくさ》で町道場を開いているそうだ。

「重ねて申し上げるが、くれぐれもご内聞に願いたい」

大浦は深く頭を下げた。

「むろんのことでござる」

源之助も威儀《いぎ》を正し一礼した。

「殿も奥方さまも、慶次郎さまに会いたさで一杯であられたのでござろう。ご本人だと信じて疑いござらぬ」

「わたしには、先入観がないですから」

源之助は言った。

大浦はよろしくお願いしますと、くどいくらいに念押しをして探索費として十両を包んでくれた。影御用終了後に改めて礼金をくれるそうだ。

金よりも影御用ができることがうれしい。

美濃恵那藩十万石、譜代名門の大名家から依頼された影御用だ。

寒さ厳しくなる時節だが、闘志で全身に熱い血潮が駆け巡った。

二

明くる七日の朝、源之助は早速《さっそく》紀代姫を尋ねることにした。

紀代姫は駿河国《するがのくに》三島《みしま》藩八万石の藩主飯尾出雲守《いいおいずものかみ》の江戸藩邸のうち、根津権現《ねづごんげん》近くにある中屋敷を訪れていた。普段は上屋敷で暮らしているのだが時折、中屋敷の広々とした庭を愛《め》でるため、参詣の途中に立ち寄るという名目で訪れているのだ。中屋敷は大名の側室や世継ぎが住まいし、大名自身も政務を離れ、くつろぎの場となっているため、上屋敷とは違いずいぶんと開放的である。そうは言っても、不浄役人《ふじょう》と蔑まれている町方の同心が表門から入るわけにはいかない。

裏門に回って、大浦からもらった紹介状を番士に手渡した。すぐに、潜《くぐ》り戸《ど》から中に入る。曇天の下、広大な敷地に畑が設《もう》けられ、近在の百姓たちが農作業に従事していた。大根の収穫に当たっている。掘り出された大根の身から真っ黒な土が払われ、土煙が舞う横を通り、家来の案内で御殿に向かう。裏手には、表向きと奥向きを隔てる築地塀《ついじべい》が設けられ、その前に庭が広がっていた。小判形の池とその周囲には季節の花々や石灯籠《いしどうろう》がある。今は、寒菊《かんぎく》が寒風に揺れ、黄落した銀杏《いちょう》が水面に映り込んでいた。

源之助は池の畔《ほとり》で待つよう言われた。畔から少し離れた所に手入れされた草むらが広がり、多数のカヤの大木が曇天を貫いている。常緑の葉がさやさやと鳴り、枯葉が舞い上がった。

やがて、カヤの木の間を縫い、侍女を従えた女が歩いて来た。豪華な打ち掛けに身を包んでいることから紀代姫に違いない。源之助は片膝をつき、頭を垂れた。

「北町の蔵間源之助にございます」

「大浦からの書状を見ました」

紀代姫は侍女たちに離れた場所で待つよう命じ、源之助に立つよう促した。侍女たちがいなくなってから、ゆっくりと源之助は腰を上げた。

「慶次郎のこと、調べてくれるのですね」

「姫さまは、小田切さまのお屋敷におられる慶次郎さまを、真の慶次郎さまではないとお疑いですね」

紀代姫はこくりとうなずいた。

「大浦さまのお話では、姫さまは慶次郎さまに幼い頃の思い出がないということに不審をお持ちなのだとか」

「確かに、容貌には名残《なごり》があります。しかし、わたしはどうしても慶次郎には思えません。話をする時、わたしの目を見ようとしないのです。あの子はわたくしと話をする時は、いつもわたくしの目を見ておりました」

ところが、戻って来た慶次郎は目を合わせようとしないのだという。

「他に何かしかとした根拠がございますか」

紀代姫の言っていることは理解できるが、多分に感覚的なことである。物証が欲しいところだ。慶次郎が本物かどうか、物証がお守りだけであるがゆえ、賛否両論真っ二つとなっているのである。

「他に……。そうですね」

紀代姫はしばし思案をした。

「思い出しました」

紀代姫が幼い頃、慶次郎と遊んだ際、兄慶太郎が火箸《ひばし》を慶次郎の背中に当ててしまったことがあったという。

「慶次郎が諸肌脱《もろはだぬ》ぎになって、寒布摩擦《かんぷまさつ》をやっていたのですが、兄上が火箸を近づけました。慶次郎は腕白で、兄上はいつか懲《こ》らしめてやると言っておられたのですが、まさか、そのような乱暴をなさるとは、驚きました」

慶太郎は脅そうとしただけであったらしいが、手が滑り慶次郎の背中に当たってしまったのだそうだ。慶太郎は十五歳、慶次郎は十一歳、そして紀代姫は十三歳だったという。

「このことは家臣たちには伏せられました。父上と母上、それに、治療に当たった医師のみが知っておることとです」

どうりで、大浦はそのことを話さなかったわけだ。

「その火傷《やけど》の痕《あと》、どの辺りでござりますか」

紀代姫は右の肩甲骨《けんこうこつ》の辺りであると言った。では、それを調べてもらおうか。大浦に報告し、慶次郎が湯殿に入った際に、小姓にでも確かめさせればよかろう。あっさり決着がつけられそうだ。こんなに簡単に探索が終了してしまっては、十両という探索費を受け取った手前、申し訳ない気にさえなってしまった。

「では、これにて失礼しますが、そうだ」

御家の事情ゆえ訊くべきことではないと思いながらも尋ねずにはいられなかった。

「もし、慶次郎さまが、偽者であられたのなら、小田切家はいかがされるのでしょう」

「父も母も、養子を迎えることを承知せざるを得ないでしょうね」

紀代姫は達観したように空を見上げた。鈍色《にびいろ》の空を雁《かり》が列を成して飛んでゆく。風が強くなり、カヤの木の枝がしなった。

「では、失礼します」

「蔵間、しかと頼みますよ」

紀代姫は視線を源之助に戻した。


このまま恵那藩邸に大浦を訪ね、慶次郎の背中の火傷痕のことを報告するか。それで、一件落着《いっけんらくちゃく》だ。慶次郎が本物であろうとなかろうと、それから先のことは小田切家で決めることである。

だが、このまま役目を終えてしまうのは何だか物足りない。小田切家にとっては、まさしく一大事であろうから、物足りないとは不謹慎《ふきんしん》以外の何ものでもないのだが。反省をしたのと、物足りなさとで大浦から紹介された二人を訪ねてみようと思い直した。

まずは、米問屋の女将になっているというお久美からにしよう。

源之助は上野《うえの》黒門町《くろもんちょう》にある米問屋美濃屋へとやって来た。表通りに面した間口十間の大店《おおだな》である。小田切家御用達《ごようたし》という屋根看板が老舗《しにせ》の店であることを示していた。

「御免」

暖簾を潜り、訪《おとな》いを入れる。一尺ほどの土間を隔てて小上がりの板敷きが広がり、帳場机で中年の男が算盤玉《そろばんだま》を弾いていた。商いがうまくいっていないのか、眉間に皺を刻み、憂鬱《ゆううつ》そうな顔つきである。手代に素性を語り、主人に取り次いでもらう。主人は町方の同心の訪問に怪訝《けげん》な表情を浮かべやって来た。

「北町の蔵間と申す」

「はあ……。主人の幹右衛門《かんえもん》ですが、あの、女房のことでしたら、もう、すんでいると思いますが」

幹右衛門は迷惑そうだ。

どうしたのだろう。何も切り出さないうちに女房に関する用向きだと知っている。しかも、もうすんでいるとはおかしい。

何か、訳がありそうだ。

「何のことだ」

「何のことと申されますと……。お久美のことではないのですか」

「いや、お久美に会いたいのだ」

「お役人さま、ご存じないのですか」

幹右衛門の視線が大きく揺れた。

「どうした」

「お久美は死にました。五日前、今月の二日のことでございます」

幹右衛門は、立ち話も何ですからと、源之助を店に上げ、奥の客間へと導いた。八畳の座敷で、

「亡くなったとは、どのように」

「病でございました」

幹右衛門は唇を噛《か》んだ。言葉尻が濁《にご》り、いかにもいわくありげである。源之助はいかつい顔を際立たせた。幹右衛門の目が伏せられた。

「正直にお話しします。南町のお役人さまには、申し上げ、もう対応はすんだことですので」

と、断りを入れてから、お久美は裏庭の松の木に首を吊っていたことを明かした。

「自害ということか」

「首を吊っておりましたので、自害だと思うのですが……」

幹右衛門の物言いからして、納得していないようだ。

「自害するわけに心当たりがあるのか」

「いいえ」

かぶりを振り、幹右衛門には心当たりがないという。

「病を得ていたということはないか」

「風邪を引いたりはしていましたが、特に重い病を患《わずら》ってはおりませんでした」

「では、何か苦にしておったことはないのか」

「強《し》いて申せば、子宝に恵まれなかったことを申し訳ないと言っておりましたが、それを苦に自害を思い立つというのは考えられません」

幹右衛門は言った。

「死因は首吊りで間違いないのか」

「南町のお役人さまが検死され、首吊りで間違いないと断じられました」

幹右衛門は外聞を憚《はばか》って表立っては病死であることにして葬式も出したという。

「小田切家公用方の大浦さまからお久美が慶次郎さまの乳母をやっておったと聞いた。昨日のことだ。その際、お久美が亡くなったことなど申されなかったが」

「まだ、小田切さまのお屋敷には届けておりません。いずれ、病死として報告申し上げようと思っております」

お久美が首吊りという悲惨な死因であったため、報せることを躊躇《ためら》っているのだとか。

「しかし、いきなり首を吊るというのはのう」

どうも疑わしい。

「わたしも、今もって信じられないのです。お久美が自害するなんて。そんなこと、あるはずがないと……」

幹右衛門はついには嗚咽《おえつ》を漏らした。

声を放ちひとしきり泣き終えるのを待ち、

「まさかとは思うが、殺されたということは考えられぬか」

幹右衛門はしゃくり上げ、懐紙で鼻をかんでから、

「殺されたなど……。お久美は人さまに恨みを買うような女ではございませんでした」

幹右衛門は亭主の自分が言っては身びいきになると断りながらも、お久美はとにかく人当たりがよくて、奉公人やお得意さまにも評判がよかったことを強調した。もし、首吊りが偽装だとすると殺しということになる。物取り目的ではない。だとすれば、恨みということが考えられるが、お久美は人さまから恨まれるような女ではなかった

と幹右衛門は強く主張した。

亭主の女房に対する欲目かもしれないし、恨みを買うのは本人が意識していないこともあるから、恨みの線を捨てることはできないが、これはひょっとして、慶次郎の真贋《しんがん》問題に関係があるのではないか。

いや、考え過ぎか。早合点はいけない。

「ところで、今も申した通り、お久美は小田切さまの藩邸で慶次郎さまの乳母をやっておったそうな」

「はい、若君さまの乳母をしておったそうでございます。そういえば、養子に出されておられた慶次郎さまが、小田切家にお戻りになられたとか」

「お久美は慶次郎さまとは、会っておらぬのか」

「近々、藩邸にお伺《うかが》いし、お会いすることになっておったのです。お久美は慶次郎さまとの再会を楽しみにしておりました。ですから、尚更《なおさら》、自害が解《げ》せないのです」

幹右衛門は言った。

やはり、慶次郎の真贋問題と関わってくるのではないか。

早々に落着すると思われたが、厄介な役目になるのではないかという予感に囚《とら》われた。

お久美は口封じのために殺されたのではないか。

いや、はやってはいけない。あくまで、冷静なる対応が求められる。

三

その足で浅草並木町《なみきちょう》にある、直新影流《じきしんかげりゅう》笹原藤五郎の剣術道場にやって来た。浅草の広小路を入った路地裏のどんつきにある町道場だ。譜代名門の大名家の剣術指南を務めていたと聞いていただけに、三軒長屋の真ん中に構えられている道場は、意外なほどにこぢんまりとしていた。武者窓に嵌《は》め込まれた格子の隙間から中を覗くと、紺の胴着に身を包んだ中年のがっしりとした男が竹刀《しない》を手に、門人たちの周りを見回っていた。門人の数は十人足らずで、貧乏道場であることは一目瞭然《いちもくりょうぜん》だ。

それでも、気合いの入った稽古ぶりで、門人たちの胴着の背中や首筋には汗の染《し》みができている。それを見ていると心が浮き立ってきた。

玄関に回り、

「御免」

と、自然と大きな声を張り上げてしまった。竹刀を打ち合っていた門人たちが手を

止めてこちらを見た。笹原と思《おぼ》しき男も源之助に向いた。源之助は素性を名乗り、

「笹原殿にお話をお聞かせいただきたい」

と、声をかけた。

「はて、町方が拙者に何用かな」

笹原は門人たちに休憩《きゅうけい》を告げ、

「外で話そう」

と、表に出た。道場には話をするような適当な部屋がないのだろう。源之助は承知をし、笹原と一緒に歩いた。浅草の広小路に向かう。路地の両側に隙間もなく軒を連ねる町家の軒先から寒雀《かんすずめ》の鳴き声が聞こえてくる。空はどんよりと曇っているし、吹く風も冷たいが、なんとも長閑《のどか》な昼下がりだ。笹原はすこし歩いてから一膳飯屋の暖簾《のれん》を潜った。

「すまん、つけだ」

笹原は手馴れた様子で店の亭主に声をかける。亭主から五合徳利と湯飲みを二つ手渡され、小上がりに座り、源之助を手招きした。源之助は黙って笹原の向かいに座った。笹原は湯飲みを差し出した。

「わたしは結構」

源之助は右手を出して制した。

「お役目中でござるか」

笹原は豪快に笑って見せた。役目でもあるが、酒自体それほど好きではない。下戸《げこ》ではないが、晩酌はせず、一人で飲みに立ち寄ることもない。

「ならば、失礼して」

笹原は湯飲みを酒でなみなみと満たした。次いで、頬を綻《ほころ》ばせると口を湯飲みに持って行き、うまそうにごくごくと喉《のど》を鳴らした。それから、

「いやあ、うまい」

胴着の袖で口を拭う。

「稽古のあとの酒は……。あ、いや、合間の酒は堪《こた》えられぬ」

一人ごちて目を細めた。二杯目を湯飲みに注いだところで、源之助に向き、

「ところで、ご用向きは」

「笹原殿は、かつて小田切讃岐守さまのご子息慶次郎さまの剣術ご指南をお務めであったとか」

「いかにも」

笹原はうなずくと、湯飲みを脇に置いた。

「慶次郎さまにはずいぶんと稽古をつけられたのでござるか」

「正直申して相当に手を焼いた。やんちゃな若さまでな。当時は十歳の頃でしたな。と申しても、御指南致したのは半年余りでござった」

笹原は苦笑を漏らした。

「と、おっしゃられると……」

尚も問いかけをすると笹原は遮《さえぎ》って、

「ところで、どうして慶次郎さまの剣術指南のことをお訊きになるのか。町方の役目とは思えぬが」

疑念を口に出した。

「いや、これは失礼した」

源之助はわびてから、慶次郎が小田切家に戻ったことをまずは話した。

「噂は耳にした」

笹原はうなずく。

「それで、それを機に、小田切家では、剣術指南役を探しておるとのこと。公用方の大浦喜八郎さまから、町道場の道場主で然るべき人物はおらぬかと、相談を持ちかけられたのです」

咄嗟《とっさ》に話をでっち上げた。

「ほう、剣術指南役を……」

「笹原殿は以前、慶次郎さまの剣術指南をやっておられた。ならば、再び、笹原殿がお務めになられてはと、わたしは大浦さまに申し上げ、お訪ねすることを請け負った次第」

「御免被《こうむ》る」

即座に笹原は断った。

「お引き受けにならぬとは、気が進まぬということですかな」

「気が進まぬどころではない。はっきり、やりたくはないのだ」

笹原の物言いは刺々《とげとげ》しくなり、不快感に満ち溢《あふ》れている。

「いかなるわけでござるか」

「慶次郎さまのことを悪く申すが、こうしたことは、はっきりさせた方がよいと思うゆえ、申そう」

笹原が言うには、慶次郎はとにかく腕白《わんぱく》、

「いや、腕白という可愛げがあるものではなかった。慶次郎さまには、他人から教えを受けようなどという気持ちがなかった。学ぼうという真摯《しんし》さのかけらも持っておられなかった」

それは、ひどい稽古ぶりであったという。竹刀を取ろうともせず、いつも、好き勝手なことをしていた。

「そのくせ、殿や奥方の前では、まじめに稽古を行う、そういう狡猾《こうかつ》さを持っておられた。まったく、困った若さまであられたわ」

笹原は話しているうちに嫌な思い出が甦《よみがえ》ってきたようで、激《げき》してきた。ついには、堪忍袋《かんにんぶくろ》の緒を切り、剣術指南役を辞したのだそうだ。

「慶太郎さまはいかがでしたか」

「慶太郎さまは、それはもう、優れたお方であった。わしが、ご指南申し上げることはなかったが、時折、遠くから木刀を振る様子を見ていると、品《ひん》というものを感じたな」

笹原は慶太郎が亡くなり、実に惜しいと嘆いた。

「禄を捨てたのですな」

「禄の問題ではない。武士として、心を欺《あざむ》いてまで、禄を食《は》み続けることなどできはせぬ」

笹原は武士としての矜持を失ってはいないことを強調した。決して、空威張《からいば》りではないようだ。

「そうだ、思い出した。慶次郎さまはな、左利きであられた。武士としてあるまじきことじゃ。よって、わしは剣を通じて左利きを矯正《きょうせい》しようとした」

ところが慶次郎は直そうとしなかったそうだ。

「がんとして受け付けず、反発ばかりしておられた。直そうとするとわざと左手一本で竹刀を振り回しておられた」

笹原はぐびっと酒をあおった。

相当に手を焼いたようだ。しばらく、笹原は黙々と酒を飲み続けた。

「小田切家の剣術指南役を辞められてからすぐに町道場を開かれたのか」

「しばらくは、そう、三年ばかりは回国修業《かいこくしゅぎょう》の旅に出ておった。その後、道場を開いた。ご覧になられたように、決して大きな道場ではない。暮らしぶりも楽ではないが、このように酒を飲み、一日、稽古で汗をかくことができればそれで満足でござる。今更、慶次郎さまに限らず、大名家の剣術指南役などという堅苦しい暮らしは御免だな」

笹原の邪気《じゃき》のない顔はそれが虚勢ではないことを物語っている。よほど、慶次郎の剣術指南役に懲りたということか。

れますかな」
「ところで、笹原殿は、今、慶次郎さまをご覧になられたら、本人とおわかりになら
「さて、どうであろうな。わしがご指南致したのは、慶次郎さまが十の頃、半年余り
であったからな……」
笹原は記憶の糸を手繰《たぐ》るように視線を宙に這《は》わせた。この様子では、見分けはつく
まいという気がした。
「いや、失礼した」
「なんの、そうか、慶次郎さまが家督を継がれるか。あれから、十三年、懐かしい気
もするが、願わくば、ご立派な殿さまになっていただきたいものじゃな」
笹原は言った。
源之助は一礼してから腰を上げた。

笹原のことはともかく、お久美の死は不自然としか思えない。こうなったらと、南
町奉行所に足を伸ばすことにした。
夕暮れ、南町奉行所の同心詰所で矢作兵庫助《やはぎひょうごのすけ》と会った。矢作は源之助の息子源太《げんた》

郎《ろう》の妻、美津《みつ》の兄である。南町きっての暴れん坊と評判の男だ。その評判通り、がっしりとした風貌で、いかにも強面《こわもて》である。

土間に縁台《えんだい》が並べられた殺風景な空間が広がり、町廻りを終えた同心たちが火鉢《ひばち》を囲んで四方山《よもやま》話《ばなし》をしている。格子の隙間から寒風が吹き込み、火鉢が恋しくなったが、矢作が火鉢の輪から離れて縁台に腰かけたままのため、源之助は向かい合わせに座った。同僚たちに話を聞かれたくはないようだ。

「親父殿、上野黒門町の米問屋美濃屋の女房の首吊りの一件だがな」

と、お久美首吊りの一件を話してくれた。それによると、一件を調べたのは臨時廻り同心の厚木《あつぎ》音二郎《おとじろう》だそうで、厚木の調べでは、特に不審なことは感じられなかったという。臨時廻りは定町廻りを務めた者がなる。定町廻りを補足する役目であることから、練達の者ばかりだ。

「遺書はなかったのだろう」

「そうなんだ」

「亭主に会って来たのだが、お久美が自害する理由がわからないそうだ」

「遺書がなく、自害する理由も見当たらなくとも、自害することはある」

矢作は独りごちてから、

「どうした、親父殿。どうして、お久美の首吊りが気になるのだ」

「それはな……」

簡単には答えられない。

「ははあ……、そうか、影御用か」

矢作はうれしそうに破顔《はがん》した。

「ま、そういうことだ」

「水臭いぞ。それならそうと言ってくれよ。なんなら、首吊り、調べ直してもいいんだぜ」

矢作も大いに興味をそそられたようだ。

「実はな」

ここは、お久美自害のことも調べたい。それには、矢作の協力は不可欠だ。源之助は簡単に美濃恵那藩小田切家公用方大浦喜八郎から依頼された、お世継ぎ慶次郎真贋の一件を語った。矢作の目が輝いた。

「面白そうだな。よし、おれが、お久美自害の一件は調べるぞ」

矢作は胸を叩いた。

四

源之助は矢作と別れ、家路に就いた。

暮れ六つ（六時）を告げる鐘の音が聞こえ、分厚い雲間から上弦の月が覗いている。真南の空に右半分の月が浮かぶ様は風情《ふぜい》があり、一日の疲れを和《やわ》らげてくれた。

木枯らしが吹きすさび、袖に手を突っ込んで、ついつい前のめりになってしまう。武士たる者の歩き方ではないのだが、誰にも見られていないのをいいことに、無精《ぶしょう》をかこってしまった。

我ながら、無様《ぶざま》な格好だと思い直し、背筋を伸ばす。南伝馬町《みなみてんまちょう》一丁目の横丁を入った。暮れなずむ町並みを背後からひたひたと足音が近づいてくる。道の両側に軒を連ねるのは店ばかりで、みな、店仕舞いしている。人気《ひとけ》が途絶えているだけに足音がやたらと耳についた。

歩を速める。

すると、足音もそれに合わせて追いかけてくる。複数の人間たちだ。五人以上はいる。不穏な空気を醸し出していることからして、源之助に危害を加えようとしているのは明らかだ。

「わたしに用か」

源之助は振り返った。

見るからにやくざ者といった連中が六人、横並びに立っていた。

やくざ者は匕首《あいくち》を抜いた。

月光を弾《はじ》き、不気味に煌《きら》めいて源之助に向けられた。源之助はさっと身を引くと同時に大刀を抜く。

峰を返すと右からかかってきた男の籠手《こて》を打った。たまらず、男は匕首を落としてしまう。続いて、敵の只中《ただなか》に切り込んだ。やくざ者たちは勢いだけは凄いが、いざ、刃が飛びかうと途端に腰が引け、だらしないことこの上ない。

源之助が頭上高く大刀を掲げたところで、逃げて行った。ところが、一人がけつまずいて往来に転倒する。源之助は素早く、そばに行くとやくざ者の襟首を掴んだ。力を込めて引き起こす。

「誰に頼まれた」

「誰でもねえ」

「おれを北町の蔵間と知っていての狼藉《ろうぜき》であろうな」

「うるせえ！」

やくざ者は威勢だけはいい。源之助は両の頬に平手打ちを食らわせた。

「面倒をかけるな、番屋に引っ張られたいのか」

「知らねえものは知らねえんだ」

尚も白《しら》を切るやくざ者に、

「よし、来い」

怒鳴りつけると引きずった。

「旦那、勘弁だ」

やくざ者は情けない声を出したが、

「なら、吐け」

もう一度、怒鳴ったところで、天水桶《てんすいおけ》の陰から男が姿を現した。陰影からして侍のようである。やおら、やくざ者の顔が複雑に歪《ゆが》んだ。怯《おび》えの色さえも浮かんでいる。

源之助が侍を見返したところで、

「弥吉《やきち》、相変わらず、どじな野郎だな」

冷たく声を放つと、侍は大刀を鞘《さや》ごと抜き、鞘でやくざ者の顔面を殴りつけた。やくざ者は鼻血を出した。顔面を手で押さえながら往来にうずくまる。次いで、源之助に向き直った。

「蔵間源之助、腕は確かだな」

侍はにんまりとした。

月光を浴びた様子は、骨太な身体つきながら細面《ほそおもて》、値の張りそうな絹の小袖に黒《くろ》縮緬《ちりめん》の羽織を重ねている。

「今宵の襲撃は貴殿の仕業《しわざ》のようだが、貴殿の姓名を承《うけたまわ》りたい」

源之助は改めて侍に向き直った。

侍は大刀を腰に差し、

「おまえが、探りを入れている男だ。痛くもない腹を探られるのは気分がいいものではない。よって、おれもおまえの素性を探ってやった。蔵間源之助、北町奉行所両御組姓名掛、とんだ閑職に身を置く男ゆえ、少々気落ちしたぞ。おれさまのことを探るからには、奉行所一の腕利きと思っていたからな。ところが、どうして、どうして……。今の役目に回される前は筆頭同心、北町きっての辣腕《らつわん》であったとか。よって、今でも奉行所が扱わない厄介《やっかい》な一件を引き受けては、悉《ことごと》く落着させておるそうだな。おれはうれしかったぞ。おれを探るにふさわしい男と知ってな」

侍は一息に捲《まく》し立てた。

「すると……」

源之助はさすがに口を半開きにした。侍は、

「小田切慶次郎、近々のうちに家督を継ぎ、小田切讃岐守元房《もとふさ》となる、本来なら、町方の同心風情が口を利ける相手ではないのだぞ」

この男が小田切慶次郎か。

なんと大胆な男なのだろう。大名の跡継ぎが夜の町を出歩くことも型破りなら、自分を調べている源之助の前に姿を現すとは。

「これは、失礼しました慶次郎さま」

源之助は深々と頭を垂れた。

「堅苦しい挨拶《あいさつ》はよい。わしとて、夜歩きなどしていることが家中に漏れれば、わしのことをよく思っておらぬ連中から批難《ひなん》されるからな」

慶次郎は声を放って笑った。慶次郎がひとしきり笑い終えてから、

「慶次郎さま、まことに慶次郎さまでございますな」

源之助はずばり切り込んだ。

慶次郎は表情一つ変えることなく、

「大浦たちは疑っておるようだがな、わしは正真正銘の慶次郎だ」

と、言った。

その物言いには寸分の迷いもない。自分こそが小田切慶次郎だと堂々と主張していた。

「なるほど」

気圧《けお》されたように源之助は口をもごもごとさせた。

「おまえは、大浦にわしが偽者と吹き込まれておろう。それと、姉上にもな」

「畏《おそ》れながらお聞きかせください。お姉上さまは、慶次郎さまが、幼い頃のことをほとんど覚えておられないとおっしゃっておられまし……」

「だから、わしが慶次郎ではないと申すか」

慶次郎は両目をむいた。

「まこと、覚えておられないのですか」

ひるむことなく源之助は問い返す。こうなったら、意地だ。たとえ、十万石の世継ぎであろうが、疑念がある以上とことん調べるまでだ。

「覚えておらんからといって、わしが慶次郎でないということにはならんだろう」

「お姉上さまの目を見ながら話をされなかったとか」

「そうであったかな」

慶次郎は言った。

「十一年ぶりの姉弟の再会、懐かしくなかったのですか」

「懐かしいというよりも照れが先に立った」

厚顔無恥《こうがんむち》といった様子の慶次郎にはあまりに不似合いな言葉だ。源之助が黙ると、

「それにな、わしは、元々姉上が好きではなかった。しばしの再会とて、懐かしくもない。好きではなかった姉上との思い出と申しても、これといってなかったとて、不思議はあるまい。おまえとて、幼い頃のことなど一々覚えてはおるまい」

「全ては覚えておらなくとも、中には忘れがたい思い出もあります。慶次郎さま、失礼ですが、お兄上慶太郎さまから火箸で背中を火傷させせられましたな」

源之助の問いかけに、慶次郎は口をつぐんだ。

「いかがでしょうか」

口を閉ざしていた慶次郎がやがて声を上げて笑い、

「ああ、あのことか。もちろん覚えておるとも。兄上はわしのことが嫌いであったからな。兄上には虐《いじ》められた思い出しかない。嫌な思い出ばかりしかない。兄上のことも、姉上のことも、なにしろ、あの屋敷で過ごした幼子の頃のことは、思い出したくもないことばかりであった。よって、進んで忘れようと思ったというわけだ」

「なるほど、では、失礼ながら、お背中の火傷、お見せいただくわけにはまいらないのでしょうか」

源之助は言った。

「無礼者！」

慶次郎は怒声を放った。

怒るのも無理はない。十万石の世継ぎが、市井の往来で八丁堀同心風情にこの寒空、着物を脱げと言われたのだ。源之助とても、その無礼は承知している。よって、断られたとしても仕方がない。それに、断られたからといって、火傷の痕がなく、慶次郎ではないということにはならない。

だが、どうしても知りたい。

「無礼を承知でお願いしております。お背中をお見せください。それで、はっきりとします」

源之助は言った。

すると慶次郎は、

「この不浄役人めが」

と、叫ぶや鉄拳《てっけん》で源之助の頬を打った。激しい痛みが頬を襲う。唇を噛んだ拍子《ひょうし》に口中《こうちゅう》を切った。血の味が口中に広がる。思わず蹲《うずくま》ったところへ今度は蹴りが飛んで来た。顔面を蹴飛ばされ、往来に転がる。そこへ、なおも容赦《ようしゃ》なく、足蹴《あしげ》にされた。

一撃、一撃は凄まじく、慶次郎が喧嘩慣れしていることを物語っている。源之助は両手で頭を守り、亀のようになって慶次郎の攻撃に耐えた。

慶次郎は興奮し、ついには羽織を脱ぎ捨て更なる攻撃を加える。背中や脇腹を蹴られ、意識が遠退いてゆく。

やがて、慶次郎は暴行に飽きたのか、攻撃を止め、

「懲りたか。ならば、二度とわしの身辺を嗅ぎまわるな」

と、唾を吐きかけた。

いくらなんでもこれは許せない。源之助の胸は猛烈な怒りの炎に焦《こ》がされた。

慶次郎は往来に落ちた羽織を拾おうと身を屈めた。源之助は立ち上がるや、その背中めがけて、刀を横に一閃《いっせん》させた。

小袖の背中がぱっくりと切れた。

背中がむき出しとなった。

五

弦月《げんげつ》にほの白く慶次郎の背中が浮かんだ。背中一面に、般若《はんにゃ》の彫《ほ》り物《もの》が蠢《うごめ》いていた。慶次郎はゆっくりと振り返った。その顔は、般若にも劣らない、恐ろしい形相《ぎょうそう》であった。

「こういうことだ」

慶次郎は言った。

唖然《あぜん》とした源之助は我に返って大刀を鞘に納めた。

「おれはな、旗本山村家から百両を奪って出て行った。それから、浅草に流れた。金と腕っぷしに物を言わせて、やくざ者を従えていった。おれは、一角《ひとかど》の親分になったんだ」

その時に、背中に彫り物を施したというわけだ。口調はとても、十万石の世継ぎとは思えない、やくざ者の口調に戻っている。

「大名になるなんて、思ってもみなかったからな。それに、小田切家と金輪際《こんりんざい》、おさらばするのに、背中の火傷の痕がどうにもしまらねえ。なに、たいした痕じゃなかったんだがな、気になって仕方がなかった。で、彫り物を施せば、そんな嫌な思い出も消せるってな」

慶次郎は羽織を重ねた。

「わたしを襲わせたやくざ者は、慶次郎さまの手下ですか」

「そういうこった」

慶次郎は言った。

「小田切家にお戻りになられたのは、やはり、大名になりたいからですか」

「それも、面白いじゃねえか。御公儀開闢《かいびゃく》以来、いや、日本《ひのもと》始まって以来、やくざ者の大名なんてのはおれさまくらいだ」

慶次郎は愉快そうだ。それはそうだろう。背中に彫り物を施した殿さまなぞ、聞いたことがない。まず、この世にはあり得ないだろう。

「慶次郎さまは、慶太郎さまが亡くなられ、更に、讃岐守さまが養子を迎えようと考えておられた時、それを見計らったように、藩邸に現れたのですね」

「ずいぶんと、時期が良すぎると思うのか」

「はい」

源之助はしっかりと首肯した。

「ま、おまえの度胸に免じて教えてやろう。このおれさまに刃を向けるとは、大した男だ。蔵間源之助」

「お褒《ほ》めありがとうございます」

「ふん、なに、簡単なことだ。小田切家の下屋敷でな、賭場《とば》をやっているんだ」

「なんですと」

「父は老中《ろうじゅう》を狙っていた。あいにく、大坂城代《おおさかじょうだい》の時に病にかかって、果たせなかったがな。それで、兄に夢を託した。兄は奏者番《そうじゃばん》になった。次は、寺社奉行だ」

寺社奉行は老中への登竜門《とうりゅうもん》である。

「寺社奉行になるには、金はいくらあっても足りない。父は老中なりたさに、かなりの賂《まいない》を使ったところだ。小田切家の台所は楽ではない。そんな中、手っ取り早く金を儲《もう》けるには、賭場だ」

「慶次郎さまが、持ちかけたのですか」

「そうだ。兄に文を送った。兄は飛びついたさ」

慶次郎はうれしそうに言った。

「その時、藩邸には出向かれたのですか」

「いいや、おれは、慶次郎だと名乗り出るまでは一度も足を踏み入れていない。手下にやらせていたからな」

　慶次郎は恵那藩邸で賭場を運営し、藩邸内の情報を収集していたという。

「そういうわけで、おれは、小田切家の内情を摑むことができたってわけだ」

「それで、大名になる気になったというわけですな」

　源之助は言った。

「そういうことだ。ま、これから、大名としてやっていくさ。十万石の殿さまだ。さぞや、気持ちがいいだろうな」

「讃岐守さまや兄上さまのように老中を目指すのですか」

「老中か。それは面白いだろうな。やくざ者が、老中となって天下の仕置《しお》きを行う。面白い。おれ好みだ」

　慶次郎は声を放って笑った。ひとしきり笑ってから、

「冗談だ。おれが老中なんて、いくらなんでも、あり得ん。第一な、老中になるには、奏者番にならなきゃならねえ。江戸城内で大名たちが礼法を守っているか目配りするなんてしちめんどくせえ、堅苦しい役目だ。そんなことできるか。それにな、背中に般若なんぞ背負っていることがばれたら、老中どころか、おれは藩主の座から追われてしまうさ」

いくら慶次郎でも、そこはわかっているようだ。

「大名に納まっておられるということですか」

「しばらくはそうするさ。飽きるまでな」

まるで遊びのような口ぶりである。この男にとっては、大名という肩書すらも遊びの一つに過ぎないのかもしれない。

「蔵間、おれが本物だとわかってくれたな。ならば、そのこと大浦に報告せよ。それで、おまえの役目は終わりだ」

慶次郎は言うと、さらばだと立ち去ろうとした。

「あと一つだけ、教えてくだされ」

追いすがって問いかけた。

「うるさい奴だな」

慶次郎は振り返った。

「浅草のやくざ者を、今、束《たば》ねている男をお聞かせください」

「まだ、嗅ぎまわる気か」

慶次郎は不快感を滲《にじ》ませた。

「これで、最後です」

「よかろう。教えてやる。どうせ、おまえのことだ。おれが教えてやらなくとも、探り当てるだろうからな」

慶次郎は言ってから、草加《そうか》の辰五郎《たつごろう》という男だと教えてくれた。

「夜道、お大事に。なにせ、あなたさまの背中には般若ばかりか、十万石の御家と民の暮らしが背負われておりますからな」

源之助は皮肉を浴びせるのが精一杯だった。

「大儀」

慶次郎は武家言葉に戻して夜道を歩きだした。


「ただ今、戻った」

源之助は八丁堀の組屋敷へと戻った。玄関の式台《しきだい》に妻久恵《ひさえ》が三つ指をつき、出迎えた。源之助の顔を見るや、

「まあ、どうなさったのですか」

と、心配の声を上げた。

「いや、夜道となって転んでな」

我ながら苦しい言い訳だと思うが、まさか、本当のことは言えない。久恵とても、

それが本当のことではないとは感づいているだろうが、それ以上深入りをしてはこなかった。話をあわせるかのように、

「夜道、危のうございます。くれぐれも足元には気配りなさってくださいね」

「ああ」

生返事をして沓《くつ》脱《ぬ》ぎ石に雪駄《せった》を脱ぐ。

鉛の板を仕込んだ特別なこしらえの雪駄だ。日本橋長谷川町の履物問屋杵屋に特注している、源之助独自の雪駄である。定町廻りとして捕物の第一線にいた頃、武器としていた。当然、通常の雪駄よりは重く、歩くのに負担がかかる。居眠り番となってからも履き続けるのは、同心としての気概を失わない、源之助の意地である。この雪駄を履かなくなった時が隠居だと密かに思っている。

廊下を進み居間に入った。久恵は夕餉《ゆうげ》の支度をすると言って台所へ向かった。腰を落ち着けてみると、全身が痛んだ。着物の上からではわからないが、全身痣《あざ》だらけではないだろうか。口の中も腫《は》れていた。そのせいか、食欲も湧かなかったが、久恵の手前、食事はいらないとは言えない。

顔をしかめ、痛みに耐えていると、やがて久恵が夕餉の膳を運んできた。大ぶりの丼に入った飯と蕪《かぶ》の味噌汁《みそしる》、大根の煮物であった。

味噌汁を一口する。たちまち、口の傷に沁みた。顔をしかめそうになるのをぐっと我慢して、更にもう一口飲んだ。次いで、大根を解《ほぐ》し、口へと運んだ。

「あつい」

思わず、口から放り出しそうになった。

「すみません、温め過ぎましたか」

久恵は言った。

「いや、そうでもない」

源之助は今度は大根を更に小さく切り、何度も息を吹きかけてから口の中に入れる。今度はよく煮込まれた大根からじわっとした煮汁が傷に障《さわ》った。あわてて、飯を食べる。痛みを感ずるたびに、慶次郎の顔と背中の般若の彫り物が浮かぶ。

怒りがこみ上げてきて、大根に箸を突き刺してしまった。飯に味噌汁をかけ、喉を通りやすくした。

「旦那さま、無理なさらずとも」

久恵の気遣いがかえって源之助に意地を張らせた。これを食べ終えないことには、慶次郎に負けたような気がするのだ。こんなことで意固地《いこじ》になってどうすると思ってみても、どうしても、食べずにはいられない。少しも美味《うま》くはなく、食べるのが苦痛であるが、米粒一つ残らず食べおおせた。

「茶をくれ」

源之助は言った。すぐに久恵が急須《きゅうす》から湯飲みに茶を注ぎ、

「よく冷ましてからお飲みください」

と、一言添えて膳に置いた。

源之助はうなずくとしつこいくらいに息を吹きかけてから茶を飲んだ。

「美味い」

負け惜しみのような気がしたが、そう言った。

「湯屋へは行かれますか」

「いや、今夜は休む」

傷が湯に堪えるだろう。かといって、明日の朝になれば、もっと、痛むかもしれないのだが。

と、ここで。

おや。

慶次郎は自分を殴った時、常に右手を使っていたことに思い当たった。笹原の話では慶次郎は左利きであった。いくら矯正しようとしても応じなかったという。

すると……。

源之助の胸に強い疑念が渦巻いた。

第二章　赤い風車《かざぐるま》

一

明くる八日の朝、源之助は近所の亀《かめ》の湯にやって来た。案の定、今朝になると、全身が痛かった。それでも、そんなことは曖気《おくび》にも出さず、湯屋へ行くと組屋敷を出たのだ。脱衣所の乱《みだ》れ籠《かご》に着物を脱ぎ捨て下帯一つでざくろ口を潜る。もうもうと立ち込めた湯煙の中、掛け湯をした。

「い、痛い」

思わず、顔をしかめる。

とても湯船に入ることなどできそうにない。江戸の湯は熱いと評判だが、わけても朝湯の熱さといったらない。まるで、我慢比べをするために入るようなものだ。

湯船には入らず、洗い場で身体を洗い、今日は帰ろう。

洗い場に向かう。

すると、

「父上、お早うございます」

背後から声をかけられた。息子の源太郎である。

「お背中、流しましょう」

親切心で言ってくれているのはわかるが、とんだありがた迷惑である。

「いや、もう、出ようと思ったところだ」

と、返事をしたところで、

「いかがされたのですか」

背中に残っているであろう痣《あざ》を源太郎に気付かれてしまった。

さすがに、転んだでは通用しない。しかし、手頃な言い訳も思い浮かばず、曖昧《あいまい》に言葉を濁した。

「影御用でございますか」

源太郎は耳元で囁いた。

「まあ、そんなところだ」

影御用には違いない。源太郎は心得たもので、影御用の中味にまでは踏み込んでこない。ただ、痣だらけの父親を心配し、

「ずいぶんと、手ひどい目に遭《あ》われたようですね」

「おまえの歳の頃にはな、捕物でもっとひどい傷を負ったものだ。これくらい、かすり傷とは申さぬが、大したことはない」

空《から》元気を出して笑い飛ばして見せたが、途端《とたん》に痛みが走り、笑顔が引き攣《つ》った。

「無理をなさるなと申しましても、聞いてはくださらないでしょうが、せめて、心配でもさせてもらいます」

源太郎は言った。

「わたしのことはよい。近頃、何か目立った一件はないか」

「父上がご興味を持つような一件はございませんな」

源太郎がそう答えたのは、源之助が興味を抱いて首を突っ込んでくることを危ぶんでいるのではと勘繰《かんぐ》った。

「ならば、これでな」

立ち去りかけてふと、

「この傷、母上には申すなよ」

と、釘を刺しておいた。

源太郎は首肯してから、

「でも、母上は気付いていらっしゃると思いますよ」

と、言い添えた。

そうかもしれない。口にこそ出さないが、久恵は、顔の腫れ具合から、見通しているのかもしれない。


源太郎は町廻りに出ている。

日本橋を渡り、魚河岸《うおがし》を抜ける。日本橋の両岸には多くの荷船が着けられ、寒中をものともせず、荷役人足たちが諸肌脱ぎとなって俵物を下ろしていた。弱々しい冬日ながら汗が光っていて、威勢のいい掛け声と相まって活気に満ち溢れている。

魚河岸の喧騒を過ぎ、三河町《みかわちょう》に差し掛かったところで、手札を与えている岡っ引、歌舞伎《かぶき》の京次《きょうじ》の家に立ち寄った。

その二つ名が示すように男前で、実際かつて歌舞伎役者をしていた。舞台の最中、酔っ払いのひどい野次に腹を立て喧嘩沙汰《けんかざた》を起こして役者を辞めた。源太郎の父、源之助が取り調べに当たり京次が真っ直ぐな人柄で機転が利き、度胸もあることを見込んで岡っ引修業をさせた。

京次の家は女房のお峰《みね》が常盤津《ときわず》の稽古所を営んでいた。このため、家の近くに至ると、三味線《しゃみせん》の音色が聞こえてくる。なかなかに風情があるのだが、時折、稽古に通っている連中が奏でるひどい音色も混じる。別段、三味線を聴きにきているわけではないので、どうでもいいことだが、やはり、耳触《みみざわ》りのいい音色を聞くと、俄然、やる気になってくる。

格子戸を開けるとすぐにお峰が出て来た。

「うちの人、源太郎さんがいらしたら、すぐにこの裏手にあるお稲荷《いなり》さんに来て欲しいって言い残して出て行きましたよ。逢引《あいびき》稲荷です」

三河町の一角にある稲荷は、江戸中に存在する他の稲荷となんら変わらない小さな稲荷だが、鬱蒼《うっそう》とした木々が生い茂り、昼間でも薄暗くて、男女の逢引に利用されることから、神田界隈では逢引稲荷で通っていた。

「何か事件が起きたのか」

「殺しだそうですよ」

お峰は首をすくめた。

「殺し……」

ついさっき、源之助には特別に事件らしい事件は起きておらず、平穏そのものだと言ったばかりなのに殺しか。平穏に慣れているとこれだ。身を引き締めて現場へと急行した。


逢引稲荷に着いた。

鳥居の前は事件を聞きつけた野次馬たちで一杯だ。その向こうに、林が広がっている。寒風に煽《あお》られ葉ずれがして、寒さを際立たせていた。

「退いてくれ」

源太郎は人込みを掻《か》き分けて鳥居《とりい》に向かって歩いて行く。近づくと、

「見世物じゃねえってのがわからねえのかい」

京次の怒鳴り声が聞こえてきた。思わず、笑みがこぼれてしまったが、殺しという重大事を思い、さっと表情を引き締める。

鳥居に至ったところで京次と目が合った。京次はいつになく、険《けわ》しい顔をしている。殺しだから、厳しい表情なのは当然なのだが、それにしても悪いことが予感される。

それが証拠に京次は物も言わず、亡骸《なきがら》が横たわる場所まで案内をした。落ち葉で埋まる境内《けいだい》は、隙間に凍った土の黒さが目立った。

狛犬《こまいぬ》が向かい合っている真ん中辺りに筵が敷かれていて、人の形に盛り上がっている。亡骸が横たわっているに違いない。耳元で京次が仏は若い娘だと囁《ささや》いた。源太郎は亡骸の脇に屈み両手を合わせる。ひとしきり、仏の冥福《めいふく》を祈ったところで、京次が筵を捲《まく》った。

「ううっ」

源太郎は思わず顔をそむけた。

異様である。

喉に風車《かざぐるま》が突き刺さっているのだ。凝視《ぎょうし》したところで、真っ赤な風車が木枯らしに吹かれてかたかたと音を立てながら回りだした。

ここで初めて京次が口を開いた。

「下手人《げしゅにん》は絞め殺していますね」

京次は喉に残っていた痕を指差した。風車に目を奪われていたが、太い指の痕が赤黒く残っている。男の仕業だろうか。

「絞め殺しておいて、風車を喉笛《のどぶえ》に刺したということか」

なるほど、出血が少ない。生きているうちに、刺したのなら、もっと大量の血で境内は穢《けが》されているだろう。

「なんで、風車など刺したのだろうな。何かのまじないか……。下手人にとっては理由があるのだろうがな」

源太郎はこみ上げる怒りを抑えながら呟いた。

「これは、ひょっとして……」

京次が源太郎に向く。

「どうした」

「五年前ですよ。これと、同じ手口の殺しが続いたことがあったじゃありませんか」

京次は言った。

「どんな事件だった……」

五年前といえば、ようやく見習いとして出仕し始めた頃だ。そんな殺しが続いたことは記憶にあったという認識しかない。あれは、南町が担当したはずだ。

若い娘ばかり、五人が殺された。みな、絞殺《こうさつ》された上に喉に風車が刺さっていたのも同じだ。

「下手人は捕まったのだったかな」

「確か、飾り職人の金次郎《きんじろう》という男でしたよ」

京次は思い出しながら語った。

「飾り職人が下手人だったのか……」

源太郎はいま一つ思い出すことができなかった。

「南町は飾り職人の金次郎に狙いをつけたんです」

喉に刺さった風車が、金次郎が作ったものであり、金次郎は身体が大きい上に、一連の殺しが起きる前に、殺された五人の内の一人を手籠《てご》めにしようとした前科があった。このため、下手人に間違いないと南町奉行所は捕縛《ほばく》に向かったのだが、踏み込む寸前に逃げられた。

「ところが、翌朝ですよ。金次郎の亡骸が大川《おおかわ》に浮かんだんです」

金次郎の亡骸には喉に風車が刺さっていた。自ら喉を突き、川に身を投げたのだと判断された。

「金次郎が下手人で間違いなかったのだな」

「間違いないとされましたね。実際、それ以降、風車を使った殺しは起きていませんからね」

「今回、同じ手口の殺しが起きたということか。今頃になって、風車の金次郎を真似るとは、下手人の奴、どうしてそんなことをしたのだろうな」

「さて、どうしてでしょうね。ひょっとして、風車の金次郎が本当は生きていて、五年ぶりに殺しをやり始めたのかもしれませんぜ」

京次は苦笑を漏らした。

「そんな、馬鹿な」

源太郎は一笑に付したが、

「それが、噂があったんですよ。大川に浮かんだ亡骸は金次郎じゃなかったって」

「南町が確かめたのだろう」

「顔の見分けがつかなかったっていうんですよ。川底にぶつけてひどい面相だったようですぜ」

京次は言った。

「金次郎は生きていて、今になって殺しを再開したとしたら……。殺しは続く……」

いくらなんでも、風車の金次郎の仕業ではないだろうが、恐怖で身のすくむ思いがした。

これは、難事件になりそうだ。

二

亡骸の身元はすぐにわかった。

三河町の油問屋扇屋《おうぎや》の娘でお勝《かつ》、来年の正月には同業の油問屋の息子に嫁ぐ予定であったとか。昨晩は湯屋に行くと出かけたきり、帰ってこず、両親と奉公人は探し回っていたという。

悲しみにくれる両親に、必ず下手人を挙げることを約束して、聞き込みを行うことにした。

ところが、まず大きな疑問が横たわっていた。お勝の亡骸が見つかった逢引稲荷は、扇屋の奉公人たちが探したし、逢引稲荷は店から半町と離れていない。それにもかかわらず、お勝の行方はぷっつりと途絶えていた。

検死をした医師の診立てでは、お勝が殺されたのは昨晩の夜四つ（午後十時）から七つ（午前四時）の間、するとその間、お勝は何処《どこ》にいたのか。

お勝は特に人から恨まれるような娘ではなく、朗《ほが》らかで活発な娘であったという。

「聞き込みはあっしがやりますんで、源太郎さんは南町で風車の金次郎の一件を調べてきてはいかがでしょう」

京次の申し出に、源太郎はしばし思案をしたが、

「神田界隈でしたら、あっしの庭みてえなもんですから、あっしに任せておくんなさい」

と、熱心に言われ源太郎は承知した。


昼九つ（正午）となり、南町奉行所へとやって来た。昼になって日輪が顔を覗かせ、冬晴れの空が広がっている。

同心詰所を覗くと、幸い義兄の矢作兵庫助がいた。格子の隙間から冬日が差し込み、格子の影を土間に引かせている。矢作は縁台に腰を下ろし、陽だまりの中でうたた寝をしていた。源太郎はこほんと空咳をした。矢作は顔を上げ、寝惚《ねぼ》け眼《まなこ》を手でこすり大きく伸びをしてから、

「おお」

と、あくび交じりに声をかけてきた。源太郎は一礼して向かいの縁台に腰かけた。背中に日輪を受け、ぽかぽかとした。矢作同様、昼寝がしたくなる。

「実は、少々、教えていただきたいことがございます」

源太郎は風車の金次郎の一件を持ち出した。

「風車の金次郎か。ずいぶんと古い話だな」

矢作は首を捻りながらどうしてそんなことを尋ねるのだと問い返してきた。

源太郎は神田の逢引稲荷で起きたお勝殺しのことを話した。

「そら、風車の金次郎と同じ手口だな」

「そうなのです」

「まさか、金次郎が生きていて、またぞろ殺しをやっているとは思えないが、ま、いいだろう。五年前のこと調べてやるよ。確か、担当は、厚木さんだった。厚木さんに聞いておくよ」

「ありがとうございます」

「礼などはいらん。なら、今夜にでも、おまえの家に行くさ」

「いえ、わたしの方から兄上のお宅にまいります」

「かまわん。ちと、親父殿にも用があるのでな」

「父に……。兄上、ひょっとして、父の病気がまた出ましたか」

病気とは影御用、源之助の八丁堀同心としての本能が疼《うず》き、奉行所の援護もない困難な事件に挑むことだ。

ている。

「ま、そういうことだ」

矢作はうれしそうに笑った。矢作は源之助の影御用を手助けすることを楽しみにし
「わたしの方からお伺いします」

「遠慮するな。おれの家は男の一人住まい、ろくな持て成しはできんしな」

矢作が言ったところで、

「うちにはその……」

源太郎は頭を掻いた。矢作はそれを見ておかしそうに噴き出し、

「そうか、うるさいのがいたな。何かと御用に首を突っ込みたがるのが」

源太郎は苦い顔を返した。

うるさいのとは、矢作の妹、つまり、源太郎の妻美津である。美津は兄に似て、勝気で男勝《おとこまさ》りなところがあり、何か珍しい一件があると、なんだかんだと首をつっ込んでくる。矢作が家に来て、風車の金次郎のことを話せば、目の色を変えて話に加わるに違いない。

「わかった。ならば、組屋敷を訪ねる前にちょっと一杯やるか」

猪口《ちょこ》を傾ける格好をした。

「承知しました」

源太郎は力強く首肯した。


その日の夕刻となり、八丁堀の縄暖簾《なわのれん》を潜った。既に入れ込みの座敷には矢作がどっかと座っていた。横に年配の同心がいる。五年前に風車の金次郎探索を担った厚木音二郎であった。

京次が終日聞き込みを行ったが、お勝の足取りを摑むことができなかった。それだけに、この会合への期待に胸が膨《ふく》らんだ。源太郎は矢作の前に座し、挨拶をした。

厚木は現在、臨時廻りをしているという。歳の頃は五十前後、白髪が目立つが、肌《はだ》艶《つや》はよく、練達の同心であることを感じさせた。


まずは、燗酒《かんざけ》とスルメを頼み、酌《く》み交《か》わしたところで、

「風車の金次郎と同じ手口の殺しが起きたそうだな」

厚木の方から切り出した。

「そうなのです」

源太郎はお勝殺しについて語った。

厚木は両目を閉じてじっと聞き入り、

「なるほど、いかにも、風車の金次郎と同じ手口であるな」

「風車の金次郎、どのような男であったのですか」

「腕のいい飾り職人であったが、どうしようもなく女好きでな」

　金次郎は女に目がなく、それが原因で女房に去られたという。

「これと目をつけた女に自前の簪《かんざし》を持って行き、それを餌《えさ》に口説《くど》いたりしたそうだ。ところが、お道《みち》には袖にされた。お道というのは金次郎が通っていた一膳飯屋の娘で、金次郎が最初に殺した女だ。お道に限らず、金次郎はよくふられていたらしい」

　金次郎は自分の意のままにならない女たちへの憎悪を募らせていったという。

「女が憎くて、次々と殺したのですか」

「そうだ」

「しかし、それなら、すぐに金次郎が捕縛されてもよかったのではないですか」

　問いかけてから、厚木への批判になると思い、慌てて口をつぐんだ。幸い、厚木は不快がることはなく、

「金次郎が殺したのは五人。その五人の中で、金次郎がつきまとっていた女は、お道一人だけ。あとの四人は通りすがりの女だったのだ。つまり、殺された仏同士の繋がりがなくて、下手人を絞りきれなかったのだ」

「通りすがりとおっしゃいますと……」

「金次郎はそのなんだ、言いにくいのだがな」

厚木はチロリを引き寄せ、猪口に注ぐことなく直《じか》に口をつけがぶがぶと飲んだ。源太郎がいぶかしげな顔を矢作に向けた。矢作は思わせぶりな笑みを浮かべる。厚木は酔いで赤らんだ顔を向けてきた。

「これから話すことは、表沙汰にはしていなかったことだ。金次郎はな、自分を袖にした女を手籠めにした。犯したわけだ。その際、犯されながらも、抗《あらが》うことをやめようとしなかった女に腹を立てた金次郎は首を絞めた。首を絞めるとな、女のあっちもよく締まるのだ」

厚木は下卑《げび》た笑いを浮かべた。源太郎は耳をそむけたくなったが、せっかく、時を作って話してくれる厚木に申し訳ないと思い、視線を外さずにいた。

「そのことで金次郎は味をしめたというわけだ」

金次郎はその後、行きずりの女を犯し、首を絞めるようになった。

「で、先ほども言った通り、金次郎にすぐに辿《たど》り着けなかったのは、餌食《えじき》になった女同士に繋がりがなく、下手人の範囲が狭められなかったからだ」

「それで手がかりとなったのが、真っ赤な風車なのですね」

「そういうことだ」

「でも、どうして、金次郎はわざわざ目印になるような風車を残していったのでしょう」

「わけはわからんままだ。なにせ、金次郎は死んでしまったからな」

「どうも解《げ》せません。わざわざ、自分の仕業だという証を残していくというのは」

源太郎は納得ができないと首を傾げた。厚木は酒で呂律《ろれつ》が怪しくなってきたが、

「金次郎は、自慢したかったのかもしれんな」

と、呟いた。

「自慢とは、女を殺したということですか」

「というよりも、それだけの女を自分のものにしたということを自慢したかったのではないかな」

横から矢作が、

「人というのはな、時として妙な所業をするものさ。風車など残したら、やがては自分の仕業とわかる。わかっていても、一方で自分がやったと誇りたい気もする。捕まったら捕まった時だと開き直っていたのかもな」

「そういうことだ」

厚木は矢作に賛意を示し、酒の追加を頼んだ。

「すると、今回のお勝殺しの下手人も自分を誇示したいのでしょうか」

「わからん」

厚木は首を横に振った。

源太郎はふと、

「金次郎はまことに死んだのでしょうか」

「おまえ、わしの探索にけちをつける気か」

厚木は絡み始めた。それを矢作が、

「まあ、まあ、厚木さん。源太郎はお役目熱心の余り、疑問に思うことを訊いたのです。なにも、厚木さんの探索をなじってるのではないのですよ」

と、厚木の背中をさすり、今日は少々飲み過ぎたからこれで帰ろうと促した。厚木は大きくあくびを漏らし、

「大川に上がった亡骸は、金次郎に間違いなかった。顔は潰れておったが、別れた女房や得意先の小間物屋の主人や手代たちに確かめさせた。間違いない」

厚木は間違いないという言葉に殊更《ことさら》に力を込めた。

「わかった、わかった。厚木さん、行こう」

矢作に肩を抱かれるようにして腰を上げた。

「ありがとうございます」

源太郎は深々と頭を下げた。

「おれは、厚木さんを送ってから舅殿《しゅうとどの》を訪ねる」

矢作は言った。

三

その晩、源之助を矢作が訪ねて来た。

「おお、すまんな」

「例の一件だ」

矢作が言うと、久恵は御用向きの話だと察して居間から出て行った。矢作は源之助に向き直った。

「実は、お久美の首吊りを担当した厚木さんと、今の今まで飲んでいた。少々過ごしてしまったのでな」

家まで送って来たことを語った。

「そりゃ、大変だったな。あの御仁、年々酒の量が増えておるそうではないか」

「酒量は増えているのに、年々弱くなっているさ」

矢作の答えに源之助は苦笑を漏らした。

「お久美のことは、飲む前に聞いたから間違いないぞ」

矢作は言った。

源之助はうなずく。

結論を言えば、お久美の首吊りには疑う余地はないということだ。首は縄目の痕しかなく、他に一切の外傷も、毒を盛られたということもなかった。

「だから、首吊りで死んだことは間違いない」

矢作は断じた。

「しかしな、お久美に首を吊る理由はないのだ」

「大した理由はないが、ふとしたことで気紛《きまぐ》れに吊ったのかもしれんぞ」

「気紛れに死にたくなったのか。絶対にあり得ないことではないが、どうも得心が行かぬな」

「あるいは、人には言えぬ、悩みを持っていたのかもしれん。いや、きっとそうだろう。その線は大いにあり得る、違うか」

矢作は念押しをした。

「もう一つ考えられるのは……」

源之助は思わせぶりに言葉を止めた。矢作も源之助の心の内を察知したのか、

「殺し……か」

と、呟いた。

「首吊りに見せかけて殺されたとは考えられないか」

「あり得ない話ではないが、いくら女といえど、首吊りに見せかけるとなると、一人や二人の仕業ではない。お久美は抗うだろうし、仮に、眠らせてから行うにしても、一人、二人では手に余る」

「そうだな」

源之助にも異存はない。

「親父殿は、何人もの人間が寄ってたかってお久美を首吊りに見せかけて殺したと考えておるのか」

「その可能性はある」

「お久美を殺したい人間が大勢いたのか、そいつは奇妙だろう。お久美は女郎でもやくざ者の女でもない。れっきとした、老舗の米問屋の女房だった。しかも、その米問

屋美濃屋は譜代名門恵那藩十万石小田切讃岐守さまのお屋敷に出入りしておるのだ。それに、お久美自身が小田切さまのお屋敷に奉公していたんだぞ。大勢の人間から恨みを買うようなことはないと思うがな」

　矢作は首を捻った。

　矢作にすれば、疑問だらけであろうが、源之助にすれば、ひょっとして慶次郎の仕業、つまり、慶次郎がかつての手下を使って殺したという筋書きを捨てきれない。殺した理由は、自分が偽者だとお久美に見破られることを恐れたから。お久美は、近日中にも恵那藩邸に挨拶に出向く手筈《てはず》であった。

　小田切家公用方大浦喜八郎は、慶次郎と会わせる段取りをつけることだろう。そうなる前にお久美の口を封じたのではないか。

「どうした、親父殿。何か含むことがありそうだな。ああそうか。今、取り掛かっている影御用との繋がりを疑っているのだな。そういえば、小田切家から依頼の影御用だったものな」

「そうだ。乳母を務めていたお久美なら、慶次郎さまが本物かどうかわかったのではないか」

「もし、偽者だったら、絶対に会いたくはないな。そうか、十万石をやくざ者が乗っ取るかもしれないということか。面白くなってきたな」

矢作は鼻を鳴らした。

「まだ、わからん。慶次郎さまは、本物であるかもしれんし、贋物なのかもしれん。ただ、偽者であるのなら、お久美の死は得心が行くというものだ」

「おれもそう思う」

「さて、どうするか」

源之助は腕を組んだ。

「そのやくざ者の一家を探索するか」

矢作は言った。

「親分は草加の辰五郎だ」

「辰五郎の探索はおれに任せろ」

「そういうわけにはいかん」

源之助はつい強い口調になった。

「親父殿、八丁堀同心の血が騒いでおるようだな。いいぞ、親子、似てきた」

「源太郎がわたしに似てきた……」

源之助は口を半開きにした。

「源太郎は、今、殺しの探索を行っているんだ」

「今朝、湯屋で会った時はそんなことは申しておらなんだがな」

「亡骸が見つかったのは、その後のことだったからな」

矢作は亡骸の様子、五年前の風車の金次郎と同じ手口での殺しであったことを語り、

「五年前に金次郎を追い詰めたのは厚木さんだった。それで、厚木さんの話を聞いていたってわけだ」

「風車の金次郎か。あの一件は、南町が担当していたのだったな」

源之助は当時を思い出すかのように天井を見上げた。

「親父殿も探索をしたかっただろうな」

「その気持ちはあったが、南町の邪魔をするつもりはなかった」

「今になって金次郎の手口を真似る者がおるとは、物騒な世の中だ」

矢作は肩をそびやかした。

「よし、明日、わたしが辰五郎を訪ねるとするぞ」

源之助は言った途端に顔をしかめた。まだ、口の中の傷が痛む。

「どうした、親父殿」

「実はな、慶次郎さまに、少々焼きを入れられた」

源之助は昨晩のことを語った。

「そいつはひでえな。たとえ、相手が十万石の殿さまであったとしても、一発、ぶん殴らないことには、気が収まらないだろう」

「わたしはおまえではない」

「よく言うよ。親父殿はおれ以上に血気盛んじゃないか」

矢作は大笑いをした。

久恵が顔を出した。笑い声が聞こえたことで、大事な話は終わったと思ったのだろう。

「何か、召し上がりますか」

久恵が言った。

「いや、お気遣いなく。食べてきましたので」

「そうですか。鰯《いわし》の煮付けが余っておるのです」

「親父殿が残すとは珍しい。あ、そうか、口の傷に障るのですな。ならば、遠慮なく」

矢作が言うと久恵はすぐに用意しますと台所へ向かった。

「唯一の楽しみである食べることが奪われて、往生《おうじょう》しておる」

源之助は顔をしかめた。

「食い物の恨みは深いからな」

矢作が言ったところで久恵が食膳と酒を持って来た。

「すみませぬ」

矢作は湯飲みに酒をなみなみと注ぎ、美味そうに食べる。

「やはり、わたしが動いた方がよいな」

源之助は改めて言った。

「意地か」

「むろんそれもあるが、厚木さんだ。あの人のことはわたしも知っている。一本気な気性だ。己の探索に自信を持っている。自分が首吊りで間違いないと、断じた一件を蒸し返されることに、不快感を抱くだろう」

「確かに、厚木さんは頑固だ。親父殿の言う通りだな。おれが、お久美首吊りの一件を探索し直しているなんてことが耳に入ったら、そりゃもう、大変な騒ぎとなろうよ。おれも、正直、あの人は苦手だ」

「南町一の暴れん坊も苦手があろうとはな」

源之助は愉快そうに笑った。

「おれだって、気を使っておるのだ」

「どうした。筆頭同心にでもなろうというのか」

「そうは思わん。おれは、人の上に立つような男じゃないさ」

矢作はぐびっと湯飲みの酒を飲んだ。

「そんなことはない。面倒見はいいではないか。自分で決め付けるものではないぞ」

「そうではない。正直、おれは、一人で動きたいのだ。一人で思う存分、悪党どもを懲らしめ、召し取ってやりたい。どうも、人と一緒にやるというのは好かん」

矢作はそれが自分の欠点なのだと言い添えた。本人が自分の特性をよくわかっているようだが、今から決め付けてしまうのは、よくない気がする。しかし、意見したところで、聞く耳を持つような男ではない。

自分とても、他人からの説教は聞いているふりをしてきた。頑固という点では矢作と同じである。

「親父殿も小言好きになったか」

そう言われると、いかにも歳を取ったといわれているような気がしてならない。

「好き嫌いではない。おまえのためを思って申しておるのだ」

「それだ。小言を言う奴の常套句《じょうとうく》だ。おまえのためを思っているってな。だがその実は、自分のためなんだよ。自分が満足したいから、小言を言うんだ」

「もっともだな」

源之助もその通りだと思う。

四

明くる九日の朝、源之助は早速、浅草の博徒《ばくと》、草加の辰五郎を訪ねた。辰五郎一家は浅草観音にほど近い、広小路に面した一軒家であった。黒板塀に囲まれた木戸門の前には、目つきの悪いいかにもやくざ者といった連中がたむろしている。

源之助が近づくと、三人ばかりが懐《ふところ》手《で》のまま近寄って来て、

「旦那、何か用ですかい」

と、凄んだ。揃って両目を大きく見開き、顔を歪ませている。源之助を八丁堀同心と知っても、なんら恐れる様子はない。虚勢を張り、源之助を脅しつけているつもりだろうが、源之助には通用しない。微塵《みじん》の恐怖心も感ずることなく、

「用があるからやって来た。辰五郎に会わせろ」

源之助は睨《にら》みつけた。

「あいにくだな。親分は留守ですよ」

「いいから、会わせろ」

「だから、留守だって言ったでしょうが」

「ならば、中で待たせてもらおうか」

源之助は木戸門を潜った。

「ちょいと、旦那」

羽織の袖を引かれた。

源之助はその手を捻り上げ、尻を蹴飛ばした。やくざ者が前のめりになる。すると、母屋《おもや》からわらわらと何人かのやくざ者が出て来た。みな血相を変えている。源之助はひるむことなく、その中の一人を指差し、

「おお、おまえ、確か。弥吉といったな。よし、おまえでいい。辰五郎の所へ案内しろ」

と、声をかけるや弥吉の襟首を摑んで引き立てた。

「退け！」

群がるやくざ者に向かって怒声を浴びせた。みな、一斉に後ずさる。母屋の玄関の前に立ったところで、弥吉を解き放った。弥吉は地べたに転がった。

「野郎」

面子《メンツ》を潰されたやくざ者たちがいきり立つ。

「威勢はいいな。そういえば、見た顔がいくつかあるぞ。おまえと、おまえと、それからおまえもだ」

源之助は昨晩のやくざ者を一人、一人、指差した。やくざ者がひるむ。そこへ、

「なんの騒ぎだ」

と、奥からでっぷりと肥《こ》え太った男がやって来た。冬が深まっているにもかかわらず、浴衣掛《ゆかたが》けだ。まるで、相撲取《すもうと》りである。

「おれは恵那山《えなやま》だ。親分は旅に出ていなさる。お帰りになるまで任されているんだ。で、八丁堀の旦那が何の用だね」

恵那山とは四股名《しこな》のようだ。名前といい身体つきといい、やはり相撲取りであったのか。恵那山とは美濃と信濃《しなの》に跨《またが》る名山で、この男の恵那藩との関係を思わせる。

「立ち話をさせる気か」

源之助は睨みつけた。

「こらぁ、失礼した」

恵那山は源之助を母屋に招く。土間を隔てて小上がりになっていて、そこが居間の

ようだ。恵那山は長火鉢の向こうに座り、源之助と向き合った。

「旦那、名前は蔵間さんだな」

慶次郎の後ろ盾があるためか、恵那山は源之助を屁《へ》とも思っていないふてぶてしさだ。

「わたしのこと、慶次郎さまから聞いたのか」

「ずいぶんと、骨太なお方だって若さまは誉《ほ》めておいでだったぜ」

「それは、恐悦至極《きょうえつしごく》の極《きわ》みだな。おまえ、随分と立派な身体だが相撲取りでもやっておったのか」

念のために素性を確かめる。

「ご名答だ。恵那山って四股名で関脇《せきわけ》までいったんだぜ。小田切さまのお抱えだったんだ。ところが、博打《ばくち》が好きでな」

恵那山は博打が過ぎて、十年前に廃業に追い込まれたのだそうだ。今もって四股名を名乗っているということは、力士に未練があるのか、いや、今更、力士には戻れないだろうから、過去の栄光を引きずっているのかもしれない。

「慶次郎さまは、おまえを頼ったのか」

「そういうこった。若さまはな、わしのことを好いてくださった。いつも、一緒に相撲をとってな。わしも遊んで差し上げたというわけだ」

「慶次郎さまは、相撲がお好きだったのか」

「腕白であられたからな」

　恵那山は目を細めた。

「相撲は強かったのか。ま、といっても、小田切家におられたのは、十二歳の頃までだったな。子供の身では、大したこともなかっただろうがな」

「どうして、どうして。わしとても、油断しておると、転がされたもんだ。ましてや、十二年後、ご養子先の旗本山村彦次郎さまの御屋敷を出られてからうちに来られた、十四になっておられた。それからは、しばしば負けたな。うちの手下どもで、若さまに勝てる者はいなかった。わしも、左四つになったら、しばしば負けたもんだ」

「左四つか」

　やはり、本物の慶次郎は左利きである。

「それで、ここを束ねたのか」

「そうだ。なにせ、肝《きも》も据《す》わっていなさる上に腕っ節が強い。手下どもを束ねるのにあっと言う間だったさ」

　恵那山は言った。

「おまえは、慶次郎さまの命令だったら、命も捨てるのだろうな」

「まあな」

恵那山は煙管《きせる》をくわえた。

「人を殺せと言われたら、殺すか」

源之助は睨んだ。

「どういう意味だい」

恵那山は雁首《がんくび》を煙草盆《たばこぼん》に叩いた。

「言葉通りだ」

源之助は冷笑を放つ。

「そりゃ、若さまの敵となりゃ、殺してやるさ。あんた、それでわしをお縄にするのかね」

「口だけで、お縄にはできんな。たとえば、女を首吊りに見せかけて殺す、とかしたなら、お縄にしてやるぞ」

源之助が言うと恵那山はにんまりとした。

「何のことですかね」

「お久美、元小田切家で慶次郎さまの乳母をやっておった女が首を吊って死んだ」

「ほう、そら、気の毒だ。何か、嫌なことでもあったのか」

「自害する理由はない」

「まさか、おれたちが、若さまの命令で殺したとでも言うんじゃないだろうな」

「心当たりないか」

「あるわけない。そら、言いがかりってもんだぜ」

「言いがかりですめばよいがの」

「言葉に気をつけな。若さまがどうして乳母を殺さなきゃならねえんだ」

「慶次郎さま、まことに慶次郎さまかな」

じっと恵那山の目を見た。

「今度は何を言い出すかと思ったら、まるで寝言だな」

恵那山は笑った。

浴衣越しに出っ張った腹が震える。

「わたしは、しっかりと目を覚ましておる」

「なら、悪い冗談ってもんだぜ。まさか、本気なんて言うんじゃねえだろうな。本気なら、あんた、とんだ無礼者だ。小田切家十万石、譜代名門の御家に、高々、町方の同心が暴言を吐くとはいい度胸だぜ」

恵那山は居丈高《いたけだか》に言い放った。

「おまえのようなやくざ者に言われたくはない。だが、確かに暴言だな。但し、慶次郎さまが本物であったならだ」

「正真正銘の若さまに決まっているだろう。くだらねえこと言ってねえで、帰った、帰った」

恵那山は大きな手をひらひらと振った。まるで季節外れの団扇《うちわ》のようだ。

「帰る前に、聞かせろ。おまえら、賭場、小田切さまの御屋敷で賭場を開いておるのだな」

「だったらどうした。手入れでもしようというのか。町方風情が小田切さまの藩邸を手入れなんかできねえぜ」

「そんなこと言われなくともわかっておる。それよりも、一度、覗かせてくれぬか」

源之助は言った。

恵那山は一瞬口をつぐんでから、

「あんた、本気か」

と、訊いてきた。

「本気だ。おまえたちの賭場がどんなものか興味を持った」

「妙な魂胆《こんたん》でもあるんじゃねえだろうな」

「あったところでいいだろう。わたしが、賭場で妙な動きをしておるところを見つけたら、わたしを始末することなど容易ではないか」

「なるほど、あんた、若さまがおっしゃってたように、肝が据わっていそうだぜ。それに面白い男だ」

「気に入ったか」

「気に入りはしねえが、おれもあんたに興味は持った。顔と名前はしっかりと覚えたぜ」

　恵那山の腹が揺れる。

「ならば、賭場に行っても入れてくれるな」

「ああ、いいぜ」

　恵那山は笑顔となった。源之助は立ち上がり、玄関に向かった。恵那山が見送りに出て来た。子分たちが一斉に頭を下げる。

「おまえたち、この顔よく覚えておけ。北町の蔵間だ。賭場に出入りすること、恵那山に了解してもらったからな」

　源之助はやくざ者を見回した。みな、黙ったままで返事をしない。

「わかったか！」

源之助は怒鳴った。

「へい」

子分たちは一斉に返事をした。

恵那山を振り返り、

「辰五郎はいつ戻るのだ」

「わからねえよ。親分は旅に行かれたからな」

「何処まで行った」

「箱根《はこね》だよ。女と一緒だから、十分楽しんでから戻って来るだろうぜ」

「何時《いつ》からだ」

「十日前だったかな」

何故か、恵那山は惚《とぼ》けている。お久美が死んだのは七日前。お久美殺しの指示は辰五郎から出たのではないということか。慶次郎は辰五郎の頭越しに、恵那山たちを動かしているのか。

それとも、恵那山は嘘をついているのか。

どうにも判断はできない。

「辰五郎は慶次郎さまに親分を譲ったのか」

「慶次郎さまは大親分、親分は親分だった。親分は若さまのことを敬《うやま》っているのさ」

いずれ、辰五郎の話を聞かねばならない。

源之助は辰五郎の家をあとにした。少々やりすぎたと思ったが、ぐちぐちと回りくどく問いかけたところでらちが明かない。あれくらいやっておけばいいのだ。

「さて」

恵那山はどういう動きをするだろう。即座に、今日のことは慶次郎に報告がいくに違いない。だとすれば、慶次郎はどう出る。恵那山を使って、源之助の命を奪いにくるか。

「来るなら来い」

そう呟いてから、自分でも意固地になっていることがわかる。

さて、腹が減った。

口の中は痛むが、蕎麦《そば》でも手繰《たぐ》ろうかと周囲を見回し、目に付いた蕎麦屋に入った。

入れ込みに上がり込む。

「聞いたかい。風車の金次郎」

「聞いた、聞いた。五年前と同じ手口で殺しがあったっていうじゃねえか」

「やっぱり、金次郎は生きているんじゃねえか」

客たちが噂話に花を咲かせていた。

それを他所《よそ》に盛り蕎麦を頼む。

しばらくは風車の金次郎の噂話で江戸は賑わうことだろう。


源太郎と京次は聞き込みを続けていた。

金次郎が生きているとは思えない。源太郎は昨晩、南町の臨時廻り厚木音二郎から聞いた風車の金次郎のことを話した。

「厚木さんは、金次郎は間違いなく死んだと言っていた」

「金次郎の別れた女房や得意先の手代の証言があったのですね」

「そうなのだ」

「確かめてみますか」

京次は言った。

「まあ、金次郎は死んだと思って間違いないし、今回の殺しが金次郎の仕業でもないとは思うが、他に手がかりはないしな」

源太郎もなんらかの活路を見出そうと思った。

ところが、別れた女房も得意先の手代も金次郎で間違いないと証言した。金次郎には右の二の腕に小さな黒子《ほくろ》が三つ並んであり、亡骸にも見られたことから金次郎に間違いないという結論に達した。

それに、お勝を検死した医師からお勝は犯されてはいなかったと聞いた。風車の金次郎は絞殺による快楽を求めていた。そのことは表沙汰にはされなかった。風車の金次郎を真似た今回の殺し、下手人は被害者の喉に風車を突き刺すという見た目しか真似てはいない。

そのことも、風車の金次郎は間違いなく死に、お勝殺しとは無関係であることを示していた。

探索は進展しないまま、次の犠牲者が出た。

明くる十日の朝に、浅草広小路の路上に女が倒れていたのを通りかかった振り売りの豆腐売りが見つけた。

喉笛に真っ赤な風車が突き刺さっていたことから、お勝殺しと同じ下手人による仕業と考えられる。ちなみに、女は犯されてはいなかった。

源太郎と京次は直ちに女の素性を探り始めた。

第三章　賭けるは命

一

その日、すなわち十日の夕方には犠牲者の素性がわかった。

夜鷹《よたか》である。

お民《たみ》といい、普段は柳原土手《やなぎわらどて》で春をひさいでいるという。夜鷹特有の黒の小袖にござを持っていなかったため、夜鷹とは思われなかった。

殺された昨九日の晩は、柳原土手で客を取っていなかった。春をひさぐことなく、夜更けに浅草を歩いていたことになる。

「どうして、夜道を客も取らずに歩いていたんですかね」

京次の疑問はもっともだ。

「ひょっとして、下手人と会っていたのかもしれぬぞ。お民が春をひさいでいる柳原から、お勝が殺された逢引稲荷は近い。いや、早計というものかな」

　源太郎の推量に、

「夜鷹仲間に当たりをつけてますんで、話を聞きましょうか」

「仲間、どこにおる」

「柳原土手通りにある、柳森稲荷《やなぎもり》で待ってます」

　京次が答えたところで、源太郎はせかせかと歩きだした。


　柳森稲荷は神田川に沿って両国《りょうごく》まで延びている柳原通りに所在する。神田川に架かる筋違橋《すじかいばし》と和泉橋《いずみばし》の中ほどに位置し、富士山信仰の象徴である人造富士があることで有名だ。周囲に軒を連ねる筵掛けの小屋は古着屋で、柳原一帯は、昼間は古着の商い、夜は夜鷹による客引きで賑わっている。

　柳森稲荷の境内では、これから客を引こうとする夜鷹が三人ばかり待っていた。冷たい夕風が襟元から吹き込み、烏《からす》の鳴き声が寒さと侘《わび》しさを際立たせている。

「すまねえな、話を聞かせてもらうぜ」

　京次が声をかけると夜鷹たちはつまらなそうな顔でうなずく。源太郎が、

「夜鳴き蕎麦でも食べてくれ」

と、三人に一朱金を手渡した。

三人は黙って受け取ったが、表情は幾分か和らいだ。

「さて、お民のことだが、近頃何か変わったことはなかったか。たとえば、しつこい客とか男がいるとか」

源太郎の問いかけに三人は顔を見合わせていたが、

「三日前七日の晩ですよ、風車の金次郎の幽霊が出た晩のことですが、お民さん、ここに来なかったんですよ」

一人が証言した。

夜鷹たちはお勝殺しを風車の金次郎の幽霊だと信じているようだ。

「何処へ行ったのだ」

「神田界隈に行くって言ってましたよ」

「七日の晩に限って、どうして柳原土手で客を取らなかったのだ」

すると、三人は押し黙った。もじもじとしている。何か、知っているようだが話し辛そうだ。

「どうした」

源太郎が強い口調で迫った。

三人はすっかり怯えてしまった。尚も詰め寄ろうとする源太郎を制して京次が、

「話してくれ。じゃないと、お民を殺した奴をお縄にできないんだ」

と、やさしく語りかけた。

「それが……」

一人が口を開きかけて再びつぐんだ。

「あたしらが、いけないんだ」

別の一人が悔いるように唇を嚙んだ。京次は笑顔となって、

「いけないことをしたのかい」

「意地悪をしたのさ。ここらで客を引くのはやめなって。だって、お民さん、みんなの客を取るんだもの。だから、ここらで客を取るのをやめなって、言ってやったんだよ」

他の二人もうなずく。

一人が、

「あたいらのせいだ」

と、涙ぐんだ。

お民は柳原土手から離れ、神田の逢引稲荷で客引きをすると言ったそうだ。逢引稲荷。

ひょっとして、お民は逢引稲荷でお勝が殺されるところを見たのではないか。

すると一人が、

「お民さん、もう、夜鷹をやめるって言ってたんだ」

「やめて、どうするって言ってたんだい」

京次が話の続きを促す。

「どっかで小さな店をやるって。荷売り屋でも始めるって言ってましたよ」

「金を溜め込んだのか」

「溜め込んだのかもしれませんけど、でもね、夜鷹風情が店を出せる金なんて溜められるものかって」

みんな信じようとはしなかったという。ところが、昨日の夕方、お民は夜鷹の宿から出て行ったという。

「で、それっきり。仏さんになっちまったってわけですよ」

夜鷹は言った。

夜鷹たちと別れた。

「どうやら、お民は下手人を見たようですね」

「お民は下手人を強請《ゆす》ったのだろう。黙っているから金を寄越せと脅したに違いない」

源太郎の考えに京次もうなずき、

「金を強請るってことは、お民はずいぶんと度胸があったということでしょうかね。だって、人殺し相手に強請りを働くなんていうのは、並の神経じゃござんせんぜ」

京次の疑問ももっともだ。

「相手がお民にも強請れると思った相手だとしたら」

「ということは、相手がごく平凡な男であるということか」

「そうですよ」

京次は手を打った。

はたと気がついた。

「風車の金次郎は飾り職人。一見して冴《さ》えない男だったという。とても、五人もの女を殺《あや》めるような男には見えなかったのだ」

「すると、今回の下手人も、やはり、何処《どこ》にでもいるような町人ということでしょうか」

「おそらくはな。そして、きっと、また、殺しを繰り返す。わたしは、そんな気がする」

「殺しの味をしめたってことですか」

京次は言った。

「そうだ」

答えたものの、言葉に力が入らない。源太郎の逡巡《しゅんじゅん》に気付いたのか京次が、

「どうしましたか」

「かつて、風車の金次郎は味をしめて、殺しを繰り返した。それは、女とまぐわいながら首を締めるということに愉悦《ゆえつ》を感じてのことだった。ところが、今回の殺し、お勝にしてもお民にしても犯してはいない」

「お民殺しは、お勝殺しの口封じだからじゃないですか」

「お民は口封じかもしれない。しかし、お勝殺しは口封じではない。殺しのための殺しだ。下手人はお勝に恨みを抱き、風車の金次郎を真似て殺した、と考えてもよいのではないか。真似たわけはわからんがな」

源太郎は首を捻る。

「さて、どうしてでしょう」

京次も見当がつくはずはない。

「もう一度、お勝殺しを調べ直す必要があるな。風車の金次郎の亡霊に惑わされている場合ではないのかもしれん。その、先入観を取り払ってみるか」

「そうですね」

京次も同じ考えのようだ。

「風車の金次郎、とんだ亡霊が徘徊《はいかい》したものだ」

「時節外れの幽霊ですね」

京次は肩をそびやかした。

二人はお勝の実家、三河町の油問屋扇屋に向かった。

扇屋は店は開いているが、主人の甚兵衛《じんべえ》は悲しみにくれ、心ここにあらずといった様子で帳場机に座っていた。京次が声をかけると、甚兵衛はうつろな目のまま歩いて来た。

「どうぞ」

と、二人を店に上げた。

店の奥へと向かう。

「娘を殺めたのは、風車の金次郎と噂されておりますな」

「そんなはずはない」

源太郎はきっぱり否定した。

「でも、また、風車の金次郎と同じ手口の殺しが起きたそうではございませんか」

甚兵衛は言った。

「風車の金次郎に見せかけているだけですよ」

京次が横から口を挟んだ。

「どうしてそんなことをしておるのですか」

甚兵衛の問いかけに、

「それを探っておる」

と、源太郎は答えた。

「で、うちにいらしたんですか。ですが、先日、わかっておることはすべてお話し申し上げたんですがね」

甚兵衛はお勝の死の探索がまるで娘を辱《はずかし》めるような気がした。

「下手人をお縄にするまでは、何度でも足を運ぶつもりだ」

「お言葉ですが、うちにまいられましても、無駄足でございますぞ」

甚兵衛は頭を下げた。

「もう一度、尋ねる。お勝に恨みを持った者に心当たりはないか」

源太郎は甚兵衛の言葉を無視して問いかけた。

二

「恨み……」

甚兵衛は口の中で繰り返したところで、女が入って来た。いかにもやつれた中年女である。

「お常《つね》、寝ていなさい」

女は甚兵衛の女房お常であった。お常はお勝が殺された日から床《とこ》に臥《ふ》せっているそうだ。娘の死に意気消沈《いきしょうちん》で、食事も喉を通らず、日に日に衰えているのだとか。今は目だけがぎらぎらと輝き、それだけに壮絶な様相を呈《てい》していた。

「お役人さま……」

言葉を発した途端にお常は咳き込んだ。

「これ、失礼じゃないか。いいから寝ていなさい。お話はわたしがするから」

「いいえ、是非《ぜひ》、聞いていただきたいことがあるのです」

お常は訴えかけた。

「いいから、下がりなさい」

甚兵衛はお常を去らせようとしたが、お常は頑《がん》として聞き入れない。源太郎が、

「まあ、よいではないか。聞いてもらいたいことがあるのだろう。かまわん、申してみよ」

と、甚兵衛を宥《なだ》めた。

お常はこくりとうなずく。次いで、源太郎を見据え、

「お勝は、お松《まつ》さんに殺されたんです」

「めったなことを言うもんじゃない。もう、寝ていなさい」

甚兵衛がお常を立ち上がらせようとした。

「お松さんです」

お常は甚兵衛の手を振り解《ほど》き強い口調で言った。甚兵衛が無理やり部屋から追い出そうとする。

「お役人さま、どうか、お松さんをお縄にしてください」

お常は狂ったように叫び立てる。身体中を震わせ、全身で訴えたため、丸髷《まるまげ》を飾る鼈甲《べっこう》の櫛《くし》が外れ、髪がほつれた。

甚兵衛は手を叩いて女中を呼びつけた。お常がよろめいた。女中が二人がかりで、お常を連れて客間を出た。

「すみません、みっともないところをお目にかけてしまいました」

甚兵衛は頭を下げた。

「いや、かまわん。それよりもお松とは何者だ」

源太郎が問いかける。

「どうか、聞かなかったことになさってください」

甚兵衛はかぶりを振った。

「いや、聞きたい。是非ともな」

「では、申し上げますが、お松さんとは、神田鍛冶町《かじちょう》のお医者美濃部堂薫《みのべどうくん》先生のご新造さまです。女房はお松さんがお勝と夫婦《めおと》約束をした神田佐久間町《さくまちょう》の油問屋山田屋のご子息矢五郎《やごろう》さんにちょっかいを出したと疑っておるのでございます」

源太郎は京次と顔を見合わせてから、

「どういうことだ」

「お松さん、実はかわいそうな目に遭ったのです」

　甚兵衛は唇を嚙んだ。

「どうしたのだ」

「お松さん、ひどい目に遭ったんですよ。やくざ者に手籠めにされたんです」

　お松は心と身体に深い傷を受けた。その反動でか、美濃部の診療所に患者として通っていた矢五郎を誘ったのだとか。

「お勝の勝手な思い込みに決まっています。お常はお勝の言い分を真《ま》に受けているのですよ。美濃部先生は、大変にご立派なお医者さまです。お松さんは、美濃部先生を手伝い、患者たちの評判もよろしいのです。ただ、大変に美人ですから、これまでにも悪い噂が立ったことがありました」

　患者の中には患ってもいないのに、お松目当てに通っている者もいるのだとか。矢五郎もそうした患者の一人ではないかと、お勝は勘繰っていた。勘繰る余り、お松と矢五郎はできてしまったのではと疑心暗鬼《ぎしんあんき》になっていたそうだ。お勝に言われ、お常も信じ込んだようである。

「ですから、女房の勝手な思い込みでございます」

　すると、京次が、

「お勝が殺されて、余計にお松さんへの疑いを強めたってことですね」

「さようでございます」

甚兵衛は首をすくめた。まるで、悪いことをしたかのようだ。

「美濃部先生の診療所の所在を教えてくれ」

源太郎が言うと、

「ですから、根も葉もないことでございます」

甚兵衛はかぶりを振った。

「いや、お松さんが娘を殺したかどうかではなく、話だけでも聞きたいんですよ」

京次が頼み、美濃部の診療所を聞き出した。

扇屋を出ると、

「お松という女、やくざ者に手籠めにされたってのが気がかりですね。そんなお松に話を訊くのは、どうなんでしょうね」

京次は言った。

源太郎とても気が進まない。お勝のことを聞き出すということは、嫌でも手籠めにされたことを思い出させてしまうだろう。だが、少しでも手がかりを得たいところだ。

診療所に着くと、京次が格子戸を開けた。

土間を隔てて小上がりになった二十畳ばかりの板敷きが広がっていて、いくつも火鉢が置かれている。火鉢の周りに背を丸めた患者たちが集まり、診察を待っていた。火鉢に掛けられた鉄瓶《てつびん》から湯気が立ち上り、患者が発する咳の声が響き渡っている。

奥の小部屋が診察室のようだ。板敷きに上がり込み、板敷きを進んで奥の小部屋を目指した。

「失礼します」

源太郎が声をかける。

美濃部堂薫は歳の頃、二十代半ばのがっしりとした男だった。色黒だが神経質そうな顔立ちをしている。脇で手伝いをしている女がお松だろう。なるほど、美人という評判通り、雪のような白い肌で鼻筋が通り、艶っぽいおちょぼ口、病気でなくとも、診療所に通う不届き者がいてもおかしくはない。お松は源太郎と京次にこくりと頭を下げて診察部屋から出て行こうとした。伏し目がちで暗い表情なのが、心の傷が癒《い》えていないことを物語っている。

「お松さんですね」

京次が声をかけた。

お松はうなずいた。

「お松殿に話があるのです」

源太郎は美濃部に言った。

「お見かけしたところ、町方のお役人のようだが……」

美濃部の厳しい視線を受けながら源太郎は素性を明かし、京次も名乗った。お松は唇を堅く引き結び横を向いた。

「妻に話とは……」

美濃部の目は拒絶の色に彩《いろど》られている。

「先日、殺されたお勝のことです」

すると、お松がぴくんとなった。美濃部が、

「気の毒なことだったな。して、妻にどんなことをお訊きになりたいのだ」

美濃部の物言いは八丁堀同心をものともしない気概に溢れている。

「失礼ながら、お松殿は油問屋山田屋の倅《せがれ》矢五郎と妙な噂が立ったことがあるそうですね」

「口さがない者の無責任な言動だ。町方の役人がそんな与太話《よたばなし》を真《ま》に受けるとはな。おまえ、大したことはないいな。まさか、不義密通の調べにやって来たのか」

美濃部は唇をへの字にした。

いかにも高圧的な態度は、町奉行所に恨みでもあるのかと勘繰ってしまう。源太郎は取り乱すなと自分に言い聞かせ、

「それと、大変に辛い思いをなさいましたな……」

「なにをわけのわからぬことを申す。言いがかりか」

美濃部がいきり立った。

「わたしがお勝さんを殺したって、お疑いなんですね。わたしがやくざ者に手籠めにされ、その心の傷を癒すために、矢五郎さんにちょっかいを出した。それを知ったお勝さんが逆上し、わたしと争った挙句《あげく》にわたしがお勝さんを殺したと……」

長い言葉ながら、まるで感情の籠らない口調のため、なんとも奇妙な気持ちとなった。

「妻を人殺し扱いするとは、いかにも無礼。奉行所に断固とした談判《だんぱん》に及ぶぞ」

美濃部の顔が不快に歪んだ。

「わたしは、殺していません」

お松はきっぱりとした口調で答えた。

「妻がお勝さんを殺すなどあり得ぬ。この無能役人めが」

美濃部は怒りを露《あらわ》にした。両目が吊り上がり、こめかみには青筋が立って、頬は引き攣《つ》っていた。

「では、尋ねます。気圧《けお》されまいと、お勝が殺された日、七日の晩ですが、お松殿はどうしておられましたか」

お松に訊いたつもりだが、美濃部が答えた。

「ここにおった。わしが出かけ、留守番をしておったのだ」

急な患者が出て、美濃部は往診に向かったのだという。神田と上野の商家を三軒回ったのだそうだ。源太郎は一応教えてくださいと断りを入れ、その三軒を聞き出した。

「わたしは、ここにおりました」

お松も言った。

美濃部は険しい形相のまま、

「帰っていただこう。無礼千万だ。妻は傷ついたのですぞ。確かに、矢五郎殿と恥ずべき噂が立ったのは事実。矢五郎殿とお勝さんが夫婦約束をしていたのも事実だ。しかし、それだけのこと。聞けば、お勝さんはそれはむごい殺されようだったとか。かつて跋扈《ばっこ》した風車の金次郎と同じ手口であったそうではないか。妻をそのような人でなしと一緒にする気か！」

美濃部はまるで沸騰《ふっとう》したやかんのようだ。源太郎も京次も宥める言葉すら発せられない凄い有様だ。

確かにお勝殺しとお松とを結びつける証《あかし》はない。

と、

「殺したい……」

やおら、お松が呟いた。

「やめなさい」

美濃部が制したが、

「お勝さんのこと、殺してやりたかった。それくらい、悔しかった。わたしが矢五郎さんを寝取ったなどと吹聴《ふいちょう》したりして」

お松は両手で顔を覆った。手の隙間から涙がこぼれる。肩を震わせ、大きくしゃくり上げてから、

「本当のことです。でも、殺してない。殺すことなどできませんでした」

お松は声を放って泣いた。

「帰ってくだされ!」

美濃部は仁王立ちとなった。

「失礼しました」

源太郎は腰を上げた。

「申し訳ござんせんでした」

京次も声をかける。お松は涙で腫れた目で、

「でも、あたし、お勝さんが殺されたって聞いて、とってもかわいそうになりました。それは絶対です。信じてください」

と、切々と訴えかけてきた。

「わかった。疑って悪かったな」

源太郎は言うと、京次と共に診療所を出た。

「いやあ、おっかなかったですね、美濃部って医者。そりゃあ、女房が下手人だって疑われたんだから、怒るのも無理ありませんがね。あんなに怒らなくたって。診療を待ってる患者も身をすくめていましたぜ。でも、お松じゃなさそうですがね」

京次は肩をそびやかした。

「しかし、美濃部堂薫の方はどうだろうな」

源太郎は冷静に言った。

「美濃部が……。美濃部は往診に行っていたと言っていましたね。往診先を当たりますか」

「そうするか」

糸口が見えたような気がした。ほんのわずかな希望の灯だが、地道に当たってみることだ。


二人は、美濃部の往診先を訪ねたが、実際に美濃部は往診に来ていた。しかし、夜四つには往診を終えている。それ以降は診療所に帰ったということだが、お勝を殺したという可能性は否定できない。

「美濃部先生、往診先じゃあ評判がよかったですね」

「そうだったな」

「診療所も繁盛しているようですよ」

「お民が脅して、金を強請る相手に不足はないということか」

「そうですよ。しばらく、様子を見ますか」

「そうだな」

二人はうなずき合った。

三

源之助はしばらくぶりに日本橋長谷川町にある履物問屋杵屋を訪ねた。店には顔を出さず、裏手にある母屋《おもや》から身を入れる。母屋の縁側で善右衛門が日向《ひなた》ぼっこをしていた。陽だまりの中に座り、気持ち良さそうな顔で空を見上げている。すっかり、好々爺然《こうこうやぜん》となったその面持ちを見ていると、源之助はうれしくなった。

源之助に気付き、

「これは、蔵間さま」

と、威儀を正した。

「失礼致す」

源之助が入って行くと、

「久しぶりにやりますか」

善右衛門は碁石を打つ手つきをした。

「やりますか」

源之助もそのつもりでやって来た。恵那藩邸で開かれる賭場に行く前に、立ち寄り一局打とうと思ったのである。

善右衛門は居間の隅から碁盤と碁石を持って、

「縁側で打ちますか」

「そうですな。今日はぽかぽかとしたよき日和《ひより》、日輪を浴びながら打つのがよろしいですな」

源之助も応じ、縁側での対局となった。

「先日は、蔵間さまが白でしたから、今度は手前が後番ということで」

善右衛門の言葉にうなずき、源之助が黒の石を手にした。碁盤に視線を落とす。石を置き、善右衛門も置いた。しばし、無言で碁を打った。碁盤に石が置かれる音と野鳥の囀《さえず》りが重なり、ゆっくりと時が過ぎてゆく。冬の平穏な日和だ。

「ところで、小田切家の用人大浦喜八郎さまの影御用、少々、面倒でございましたか」

善右衛門は気にかけているようだ。

「杵屋は小田切家への出入り、古いのですか」

碁盤から顔を上げた。

「そうですな。かれこれ、十五年ほどでしょうかな」

「ならば、今回家督を継がれる慶次郎さまのことは、ご存じですな」

源之助は問いかけた。

「存じ上げておりますが、顔を合わせたことなどはもちろんございません」

「評判はどのようなものでしたかな」

「そうですな、こんなこと申し上げては失礼とは存じますが、蔵間さまには申しましょう」

善右衛門は当時の慶次郎の評判を話した。

慶次郎はとにかく、腕白というか素行不良。縁戚の旗本家に養子に出されることになった時、ほっと胸を撫で下ろす者が多かったとか。やはり、出入りの商人にまで悪評は伝わっていたらしい。

「しかし、世の中、わからないものでございます。家中では、まるで鬼っ子扱いにされ、家を追われたお方が、今や小田切家の跡継ぎに迎えられた、誰も、予想だにしなかったことでございます」

善右衛門は感慨深そうにため息を吐《つ》いた。

「ところで、大浦さまのご依頼は、慶次郎さまと関わりがあるのですか、あ、いや、影御用につきましては、聞かずということでございましたな」

善右衛門は自分の額をぴしゃりと叩いた。

「慶次郎さま、とかく、噂があるようですが、恵那藩十万石の藩主として立っていかれるには、家中での波風が心配ですな」

「若かりし頃、放蕩《ほうとう》に身を持ち崩した者が、立派に更生するということはありますから、慶次郎さまも立派な殿さまにおなりになるかもしれません」

「善太郎がよい例ですな」

源之助は返した。

「よいかどうかはともかく、あれも、蔵間さまのお陰で立ち直ることができました。人は変われるものかもしれませぬな」

善右衛門の言葉にうなずいたものの、慶次郎の場合はどうなのだろうかと危ぶんでしまった。


その晩、源之助は向島三囲稲荷《みめぐりいなり》の裏手にある、小田切家下屋敷の賭場へとやって来た。賭場は屋敷の裏手にある中間《ちゅうげん》部屋で行われていた。帳場には恵那山がどっかと座り、ぎろりとした目を向けてきて、

「本当に来たんだな」

と、うれしそうな顔をした。

「稼がせてもらうぞ」

「旦那、博打はお得意かい」

「いや、まず、やらん」

源之助が胸を張って答えると、

「こいつは、面白い旦那だ。その度胸だけは買ってやるぜ。ま、博打は度胸だ。あんた、案外、勝つかもしれねえぞ」

恵那山はにこやかに言うと、五両分の駒を交換してくれた。小田切家公用方大浦喜八郎から渡された探索費用の一部である。

「さて」

まずは、博打に専念しようと駒を大事に両手で持ち、賭場に入った。

熱気がむんむんとしている。いかにも、鉄火場《てっかば》といった感じだ。

行われているのは丁、半博打である。

壺の中の二つのサイコロの目の合計が偶数なら丁、奇数なら半だ。

畳を真っ白な布でくるんだ盆茣蓙《ぼんござ》の周りには、いかにも値の張りそうな着物に身を包んだ者ばかりが座っている。いずれも大店の商人風で、賭ける金が凄い。一度の勝負に一両は当たり前で、中には十両を張る者もいた。

源之助の持ち金全てがたった一度の勝負に費やされることもあるのだ。

ついつい気後《きおく》れしてしまった。

壺が振られ伏せられた。

いくらなんでも、一度に有り金全てを賭けるわけにはいかない。

いくら賭けようかと躊躇している間にも、博打を進行する役の中盆《なかぼん》が、

「丁方ないか。半方ないか」

と、声をかける。

みな、思い思いに、丁と半に賭けてゆく。

源之助は一両分の駒を丁に賭けた。一人、少額のため、気恥ずかしくなる。

壺振りが壺を開けた。

「一、二の半」

中盆の張りのある声が響いた。賭場のあちらこちらからため息が聞かれる。源之助も舌打ちをしてしまった。

その後、三回立て続けに負け、残るは一両だ。あっという間である。これでは、賭場の探索にはならない。

五両の軍資金は少なすぎた。

と、ここで帳場の方がざわめいた。

袷を着流しにした、慶次郎が入って来た。髷を町人風に結い直し、賭場を仕切る中盆ややくざ者たちから、

「大親分」

と、挨拶を受けながら源之助の隣に座った。源之助の残り駒に視線を落とし、

「なんでえ、しけてやがんな」

と、背中を叩いた。源之助は前のめりになって苦い顔となりながらも、

「まだ、勝負は終わっておりません」

「減らず口だけは一人前ということか」

慶次郎はがははと笑った。

「繁盛しておりますな」

「あたりまえだ」

慶次郎は上機嫌だ。

「さすがですな」

「おい、おい。ここではな、おれはやくざ者なんだ。そんな口はきくな。なに、かま

わん」

慶次郎は余裕綽々《しゃくしゃく》である。源之助はしばらく賭場の様子を窺った。慶次郎は見事に賭場に溶け込んでいる。その有様は、まさしく博徒で、とてものこと、十万石のお世継ぎさまには見えない。

「大親分は、よく、賭場に顔を出すのかな」

「まさか。滅多には出ねえさ。今日はな、あんたが来ているからって聞いたから顔を出したんだぜ。ありがたく思えってんだ」

「これは、これは、ありがとうございます」

源之助は大仰《おおぎょう》に頭を下げた。

「なら、おれもちょっと、勝負させてもらうか」

慶次郎は機嫌よく、博打をやり始めた。慶次郎の勝ち負けをそれとなく窺う。

勝ったり負けたりを繰り返している。特に勝ちに偏《かたよ》ったりはしていない。他の客との違いは一つの勝負に張る金額が一桁《ひとけた》違うということと、勝ち負けに一喜一憂していないということだ。懐が痛まないということなのかと思ったが、そうでもない。人は、たとえ、金に余裕があろうが、目先の勝負には感情が乱れるものだ。それが、泰然自《たいぜんじ》若《じゃく》として一切の乱れがない。確かに博打を楽しんでいるようだが、勝っても負けても、まったく気持ちが揺れないのだ。

これは、よほどの大物かもしれん。

そして、慶次郎はやはり、博徒の親分として生涯を終えた方が幸せなのではないかと思えてきた。大名などという堅苦しい暮らしを続けることは不幸をもたらす。そして、慶次郎の不幸は小田切家の不幸となるだろう。

藩主となってから、こんな暮らしをしていては、御家を保つことなどできはしない。人の噂に戸は立てられないのだ。

彫り物を背負った大名、やくざ大名など幕府が許すはずはない。賭場も遠からず閉鎖されるのではないか。

慶次郎を快く思っていない家臣たちは、慶次郎失脚を虎視眈々《こしたんたん》と狙っている。そんなことは慶次郎も承知の上だ。慶次郎が指をくわえたまま反対派の策動を許すはずはない。

となれば、やはり、御家騒動が起きるか。

そんなことを考えていると、

「おい、あんた。勝負といこうじゃねえか」

慶次郎が言った。

一瞬、ひるんでしまった。慶次郎と対等に賭けるだけの軍資金などない。

「勝負は一回こっきりだ。おれは百両賭ける。あんたは……」

慶次郎に見据えられた。

百両など用立てることはできない。

四

「どうだい、やる度胸がねえとは言わせねえぜ。八丁堀の小役人の分際でおれの賭場にやって来たからには、それなりの勝負ができるって覚悟があってのことじゃねえとな。だからさ、金がねえことはわかってるんだから、あんたは肝っ玉で勝負しな。八丁堀同心の意地ってものを見せろ」

慶次郎は挑発的な言葉を投げてくる。

「よかろう」

勢いで受けてしまった。

だが、勝算などあるはずはない。勝算があっては、博打ではない。それにしても、自分は何を賭ける。

「あんた自身を賭けな。その代わり、千両だ。あんたが、勝ったら千両やる。負けたらあんたをもらうぜ」

慶次郎はさっと右手を上げた。程なくして、子分たちが、奥の部屋から千両箱を持って来た。それを慶次郎の前に置く。

「そらよ」

蓋《ふた》を開けた。

小判が百目《ひゃくめ》蠟燭《ろうそく》の明かりを弾き、山吹色《やまぶきいろ》の煌きを放った。それが、慶次郎という男の大胆で、無法さを際立たせる。

「おれは、これを一つきりの勝負に賭ける。この男とな」

慶次郎が言うと、さすがの分限者揃いの賭場にあっても、これほどの勝負となると、賭場始まって以来のことだ。みな、息を呑み、成行きを見つめている。

「さあ、千両だ」

慶次郎に煽られ、源之助は窮地に追い詰められた。受けないわけにはいかない。すると、そんな源之助の心の内を見透かしたように、

「江戸っ子の鑑《かがみ》、八丁堀の旦那が受けねえはずねえよな」

と言うと、賭場はやんやの喝采《かっさい》が起きた。

「よし」

窮地に追い詰められた。いや、勝負は五分だ。窮地に追い詰められたと思うこと自体がすでに負けている。勝負する前に負けてどうする。

「それでこそ、男だ」

慶次郎は言うと、壺振りからサイコロを二つ受け取り、

「検《あらた》めな」

と、源之助の前に放った。二つのサイコロが転がる。源之助は二つのサイコロを掌に乗せて、しげしげと眺め、指で摘んだり、掌の上で転がす。細工はなさそうだ。源之助が確かめたことを見てから、

「いいな」

慶次郎が念押しをした。

源之助はうなずく。

慶次郎はサイコロを壺振りに戻した。壺振りがサイコロを壺の中に入れた。それを盆茣蓙に置く。

「あんた、先に張りな」

慶次郎が言った。

　源之助は壺をじっと見た。いくら目を凝らそうが、壺の中が見えるわけはないのだが、そうせざるを得ない。しかし、いくら考えたところで、サイコロの目が見えるはずはない。

　ちらっと慶次郎に視線をやると、慶次郎は表情を消し、悠然と源之助の答えを待っている。その様子を見ると、結果が見えるような気がしてならない。

「丁だ」

　声を振り絞った。

　どうにでもなれという心境だ。決して捨《す》て鉢《ばち》になったわけではない。千両と命という現実離れした賭け事に神経が麻痺《まひ》しているのかもしれない。平気でいられるわけがない。

「半」

　慶次郎は落ち着いた口調で告げた。

　壺振りは額にべっとりと汗を滴《したた》らせ肩を小刻みに震わせていた。

　手を壺にかける。

　壺を開けようとした。ところが、緊張の余りか、手が震え開けかけた壺を盆茣蓙に落としてしまった。

「てめえ、大勝負によくも綾《あや》をつけてくれたな」

慶次郎は大刀を抜き放つや、横に一閃させた。

「ひえ」

壺振りの絶叫と共に血潮が吹いたと思うと、手首が切断され、盆茣蓙に落ちた。客たちの間から、どよめきとその後は薄気味の悪い静けさが訪れる。

「代われ」

慶次郎の一言で、壺振りが交代することになった。手首を切り落とされた壺振りはうめきながら、手下たちに奥に連れて行かれた。

源之助は驚きと共に、高まった気持ちに水を浴びせられ、なんとも嫌な気分に包まれた。

「すまねえな。とんだ、どじ野郎のお陰で、勝負に水が差されちまった。これは、おれの不手際だ。仕切り直しだ、と、言いたいところだが、おれも、手下の不手際の責任を負わなければならねえ。だからな、すまねえが三回勝負ってことにしてやる」

三回勝負というと、先に二度勝った方が勝ちということだ。勝負の回数が増えた分、緊張が薄らぐ。

「その上、あんたに一つの勝ちをやる」

「一つ、わたしが勝つのか」

「そうだ。だから、あんたは一回勝てばいい。おれは二回勝つ必要があるということだ。どうだ、これで」

慶次郎は胸を張った。

ぐっと有利になった。慶次郎は圧倒的に不利だ。しかし、源之助の緊張に比べて、慶次郎の余裕たるやない。驚くべき無鉄砲なのか。千両くらいは、屁でもないのか。それはそうだろう。しかし、先ほども感じたように、金に余裕があるからではないような気がする。大勝負にも動じない、肝の太さをみなぎらせているのだ。

従って、源之助が圧倒的に有利な立場にあるにもかかわらず、もう既に自分が負けているような気がしてならない。

「今度、粗相《そそう》しやがったら、てめえらのそっ首を刎《は》ねてやるからな」

決して冗談ではないことは、今、目の前の出来事が証明していた。

新たな壺振りは緊張の面持ちで源之助の前に座った。

「さあ、勝負だ。おおっと、そうだな、千両に加えて指もやるよ。おれが負けたら指を詰めるってことだ」

慶次郎は平然と自らに悪条件を課した。

すさまじい自信なのか、どこまでも無鉄砲なのか。いずれにしても、尋常な神経は持ち合わせていないようだ。

壺振りがサイコロを持った。真っ白な盆茣蓙に鮮血が飛び散っている様は鉄火場と言うよりは地獄絵だ。だが、そんな光景に目を奪われるゆとりもなく、サイコロが壺の中に入る。壺が振られサイコロが跳ねる音が響いた。

盆茣蓙に伏せられる。

慶次郎が目で先に賭けろと、言ってくる。

「丁だ」

源之助は言った。

「半」

慶次郎は静かに言う。

みなの視線が壺に集まる。これで、慶次郎が負けたなら、千両を失うばかりか、指を詰めるのだ。いくらなんでも指を失った大名など、ありえない。源之助の額にも薄っすらと汗が滲んだ。

例によって、慶次郎は無表情だ。勝負を楽しんでさえいない。千両と指を失おうが、なんとも思っていないようだ。

壺ふりは、前任者のようなしくじりは絶対すまいという意志をまるで唇で示すかのように堅く引き結んでいた。

源之助は今度も壺の中を見透かすかのように渾身《こんしん》の思いを双眸《そうぼう》に込めた。

「勝負」

中盆が声を張り上げる。

賭場の空気が緊張で張り詰めた。壺が開けられた。

「二、三の半」

声と共に、重苦しいため息が漏れた。源之助の胸の高鳴りが静まらない。慶次郎は眉一つ動かしていない。

賭場がざわついた。

「うるせえぞ」

慶次郎は怒鳴った。

水を打ったように静かになった。

「次だ」

慶次郎は壺振りに淡々と声をかける。

源之助が張ろうとしたところで、

「念のため、言うぞ。これで、一勝一敗ってことだ。先に二勝した方が勝ちだからな。今度が勝負だ。どっちかが勝つ。恨みっこなしだぜ」

慶次郎はこの時、初めて声を放って笑った。それは腹の底から震えるような不気味さと力強さに満ち溢れていた。

「くどい」

源之助はそう返すのが精一杯だ。しかし、空元気でも、己を奮い立たせないことにはとても耐えられないような大勝負なのである。

壺振りが壺を振った。サイコロの音色がくっきりと、賭場の空気を切り裂く。

壺が伏せられた。

「さあ、どうだ」

慶次郎が愉快そうに笑った。

「丁……」

と、言いかけた時、

「おっと、最後はおれの方が先に張らしてもらうぜ」

と、源之助を制して、

「半だ」

と、鋭い鞭《むち》のような声を張り上げた。

「丁」

源之助は言った。

汗が滴《したた》る。

胸がばくばくと鳴る。これまで、数知れない危機に直面してきた。命が失われるような目にも遭ってきた。

しかし、これほどの緊張を強いられたためしはない。

「勝負」

中盆の掛け声で壺が開けられた。

五

「四、一の半」

中盆が無常に告げた。醒めた声音が耳の奥にまで残る。

勝負あり。

源之助の負けである。

汗がどっと滴り、心臓は早鐘を打ち始めた。敗北感と共に恐怖が押し寄せてきた。

そっと、慶次郎を見る。

「勝負は時の運だって言うがな、そうじゃねえ。勝つと信じている方が勝つんだ」

「そなたの方が勝つ意志が強かったと申すのですか」

「そういうことだ。あんたは、一勝をもらって、勝つことへの信念が弱まったんだ。おれは、崖っぷちだった。勝たなきゃならねえ。一回でも負けられなかったからな。だから、おれが勝ったんだ」

「理屈はいりません。わたしは負けた。わたしのことどうとでもしてください」

源之助は眦《まなじり》を決した。

「よく言った。それでこそ八丁堀同心だ。潔《いさぎよ》さは認めてやるぜ」

慶次郎は手下に目配せした。

「命を取るのまでは勘弁してやる。でもな、何もねえんじゃや、博打じゃねえ。おれは千両と指一本だった。あんたは、そうだな……」

慶次郎は蛇《へび》のような目で源之助をねめつけた。最早、俎板《まないた》の上の鯉《こい》である。

「左の手首から先をもらおうか」

慶次郎は言った。

「いいだろう」

源之助は、せめて、みっともない真似だけはするまいと覚悟を決めた。着物の袖を捲《まく》り、左腕を盆茣蓙の上に乗せる。

「どすを持ってこい」

慶次郎は怒鳴った。すぐに手下が脇差を持って来た。

「覚悟しな」

慶次郎は長脇差を振り上げた。

賭場にもう一度緊張が走る。

刃が煌き、振り下ろされた。

源之助は思わず顔をそむけた。

次の瞬間に襲ってくる衝撃に備え歯を食い縛る。

が、何も起きない。

どうしたのだ。

顔を慶次郎に向けた。

慶次郎は脇差を肩に担いだまま立っていた。源之助と視線を合わせると、

「今日は勘弁してやる」

と、脇差を鞘に納めた。

「どうしてだ」

「もっと、じっくりと考えたほうがいいと思ったんだ。あんたの使い道をな」

「わたしの使い道……」

源之助は袖を戻した。

「あんたの命はおれのものだ。だとしたら、あんたをどう使おうがおれの勝手。手首を切って、それでお終いというには、あまりに勿体《もったい》ないってもんだぜ」

慶次郎は轟然と笑い声を発した。

「勝手にしてくだされ」

源之助は手首が無事だという安堵よりも、これから何をさせられるのかという不安に襲われた。

「よし、今日のところは帰れ。明日、使いを出す」

すると、恵那山が、

「大親分、そんなこと言っていいんですかい。こいつ、このまま逃げるかもしれねえんですぜ」

「みくびるな」

源之助は意地になった。

すると、慶次郎は、

「てめえは、すっこんでろ」

と、恵那山を殴った。恵那山の巨体が床に転がった。恵那山は慌てて両手をついた。

やはり、慶次郎は右手を使った。

「おれはな、この蔵間源之助って八丁堀同心を見込んだ。こいつは、決して、逃げるような男じゃねえ。おれの人を見る目は確かなんだ。こいつはおれとの勝負に負けた。負けたら、その償《つぐな》いをするのが当然だってこともよくわかってるってことだ。逃げねえよ」

慶次郎は不気味な笑顔で源之助を見た。

源之助はうなずいた。

「なら、連絡を待つんだ。いいな」

慶次郎に目に見えない縄で縛られたかのような錯覚に陥《おちい》った。

源之助は小田切家を出た。

強烈な敗北感と不安を抱きながら夜道を歩く。とても、平静ではいられない。今頃になって、足が震え喉がからからに渇いた。

「馬鹿なことを」

源之助は己《おの》が所業を悔いた。悔いても仕方のないことだとわかっていても、悔いを抱かないわけにはいかない。善右衛門と百文を賭ける碁などまるで児戯《じぎ》である。しかし、その児戯は己が暮らしに潤《うるお》いを与えてくれた。

途方もない博打の末に、自分は慶次郎の意のままにならざるを得ない。

このまま家に帰る気にはなれなかった。


八丁堀の縄暖簾を潜った。

「親父殿」

矢作兵庫助の声が聞こえた。ほんの少しだが救われる思いだ。

「おお」

「ここ、開いてるぞ」

矢作が向かいの席を指差す。源之助は迷うことなく座った。

「珍しいな。親父殿が酒を飲みに立ち寄るなんて」

「たまには飲みたいこともあるのだ」

「嫌なことがあったのか」

矢作は酒を頼んだ。

「大いにな」

「それは聞き捨てにはできないな」

矢作が言ったところで、熱燗が運ばれてきた。

「どうした、親父殿。自分で抱えているなんていうのは、やめてくれよ」

矢作が言った。

隠し立てはできまい。それに、隠し立てする気にはならない。矢作に打ち明けたとてどうなるものでもないどころか、矢作にまで不安を与えることになる。自分の恥を晒《さら》すばかりか、答えようもない問題を突きつけることになるのだ。

でも、黙っていられない。

「とんだ、馬鹿をやった」

「親父殿が馬鹿をやるとは、大いに興味が湧くというものだな。こんなこと言ったら、親父殿は怒るかもしれんがな」

矢作は暗い表情の源之助を見て、気遣ってくれているのだろう。努《つと》めて明るく問いかけてきた。

「小田切慶次郎さまと丁、半博打をやった」

「なんだと」

矢作は猪口を膳に置いた。

「小田切さまの藩邸で賭場が開帳され、そこに慶次郎さまがやって来られた。それで、わたしと差しで勝負しようということになった」

「馬鹿なことを受けたものだな」

「だから、馬鹿なことだと言っただろう」

つい、矢作に当たってしまった。

「すまん、おまえに当たったところでどうしようもないな。今、まさしく、馬鹿なことをした。今にして思えば、鉄火場の空気に飲まれたのかもしれん」

「今更、言っても仕方がないが、だから、博打くらいしておけと言ったんだ。博打場ってのはな、独特の空気に包まれている。自分で自分の気持ちが抑えられなくなるんだ」

矢作の言う通りだ。

一言の抗弁もできない。

「それで、どれくらいやられたんだ」

「銭、金は取られていない」

「じゃあ、なんだ」

「この身体だ」

源之助は胸を叩いた。

「身体だと」

矢作は驚きの声を上げた。

「おれは、慶次郎さまの意のままということだ」

「親父殿、いかさまをやられたな」

矢作は言った。

「いや、サイコロは問題なかったぞ」

「サイコロに細工したんじゃないさ。たとえば、盆茣蓙の下に手下を潜ませて、針でサイコロの目を操作するのさ」

「そうは思えなかったぞ」

「当たり前だ。わかるようなことなら、いかさまにはならんさ」

「それはそうだがな。今更、もう遅い。いかさまはその場を押さえなくてはならんからな」

「親父殿、しばらく、身を隠せ。いかさまで命まで取られたんじゃ、話にならん」

「しかしな……」

「お袋殿が心配なのか。それなら、美津に見張らせる」

「美津を巻き込むわけにはいかん。それにな、慶次郎さまはおれに何かをさせたがっている。それを確かめたい」

「そんなこと言っている場合か。命、取られても文句は言えないんだぞ」

「おれを殺すつもりなら、さっき、賭場で殺したはずだ。帰らせた上に、連絡を待てとは、きっと、何かおれにやらせようという仕事があるに決まっているさ」

源之助は言った。

「なるほどな」

矢作はぐびっと酒を飲んだ。

「俎板《まないた》の上の鯉は大人しくしているさ」

矢作に打ち明け、少しは気が楽になった。

第四章　癇癪《かんしゃく》医師

一

明くる十一日から、源太郎と京次は医師美濃部堂薫の探索を行うこととした。

京次が美濃部について聞き込みを行った。人柄や評判を患者や近所の者に聞き込む。美濃部の評判は概《おおむ》ね好意的なものであったが　その反面、大変に怖いという評判もあった。

患者が言うことを聞かないと癇癪を起こすことがあるという。一旦、怒ったらそれは凄まじく、患者たちは怒りが収まるまで息を殺しているのだとか。また、侍が大嫌いで、いくら治療費を積まれようが、往診どころか診療所を訪れても門前払いに及ぶそうだ。もっとも、医者としての責任感が強いため、急病や大怪我を負った者はたとえ侍だろうが診療したことはあるという。

医者として一本筋が通っていると言えるかもしれないが、相当に偏屈《へんくつ》で付き合い辛い人柄のようだ。

他に、生い立ちなどの過去を訊かれることを嫌っている。このため、出身地や年齢も定かではないが、言葉遣いからして武家の出のようだと推測されている。また、美濃部という苗字《みょうじ》から美濃出身ではないかとも噂されていた。

源太郎は実際に美濃部の診療を受けてみることにした。お勝及びお民殺しの下手人かどうかという疑いに加え、美濃部堂薫という変わり者の医者に強い興味を抱いたのだ。

診療所に顔を出す。

年寄りや子供が数人、診療を待っていた。源太郎を八丁堀の旦那ということで、診療の順番を譲ってくれる者もあったが、順番を守るべきだと思い辞退した。順番を譲られたと知ったら美濃部の性格からして、診療してくれないような気がする。何しろ、一本気な気性に加えて大の侍嫌いということだから。

待っている間、美濃部の様子を窺う。美濃部は一人、一人を丁寧《ていねい》に診ていた。素直な患者ばかりだったせいか、言葉を荒らげることも、癇癪を起こすこともなかった。

脇にお松がいる。今日も無表情で手伝っている。表情を表さないことが、心の傷が癒えていないことを示していた。

お松に同情しながら半時（一時間）ほども待ち、診療の順番がやって来た。

美濃部は源太郎を見て、

「もう、話すことなどない。お松の気持ちも少しは考えろ」

いかにも不満そうに顔を歪めた。

「本日は、美濃部先生に診ていただきたいのです」

源太郎は立ったまま言った。

「診る……」

「どうも、身体の具合がよくはないのです」

「ふん、らちもない」

美濃部は取り合わなかった。

「先生、患者のことは大切になさると評判ですな。その評判を聞き、是非とも先生に診ていただきたいと、やって来たのです」

源太郎の言葉を受け、美濃部はしばらく思案していたが自分の前を指差し、

「よかろう。せっかく来たのだ。診てやる」

座るよう促した。

源太郎は美濃部の前に正座をした。

「膝を崩して、楽にせよ。患っておるのだろう」

美濃部は脇に用意してある盥《たらい》に手を伸ばし、一本一本、指や指の間、掌を丁寧に洗う。医者だから当然なのかもしれないが、いかにも神経質な様子だ。洗い終えたところで、お松から手巾《しゅきん》を受け取り、手を拭いてから、

「左手を」

と、ぶっきらぼうに言った。源太郎は左の袖を捲り、差し出した。源太郎の脈を取った。次いで、美濃部が源太郎の額に左手を添える。水洗いしたばかりの掌は冷んやりとして、僅かに腰を引いてしまった。美濃部の目が険しくなった。機嫌を損ねたかと思ったが、

「熱はない」

癇癪を起こすことなく静かに告げた。但し、いかにも仮病であろうという顔つきだ。

「そうですか」

源太郎はすまし顔で返す。

「平熱の上に、脈に乱れはない。何処か気になるところはあるのか」

「今朝から、けだるいのです」

「昨晩、酒を過ごしたのだろう」

「いえ、特には」

源太郎の答えに美濃部は苦笑を漏らした。

「何処も悪いところはない。患っていると思っているとしたら、気のせいだ。ま、せっかく来たのだ。葛根湯《かっこんとう》でも、持っていけ」

美濃部はお松を促した。お松は診療部屋から出て行った。源太郎と二人きりになったところで、

「八丁堀同心だけあって、若いに似ず、食えぬのう。で、わしになんの用だ」

美濃部は言った。

「先生は、七日の晩は往診に行かれたのですな」

「そのように申した」

「今月、他の日はどうなのですか。やはり、往診に出られたのですか」

「さて、どうであったかな」

「覚えておられると思いますが」

「うろ覚えだ。念のため日誌を見てやるか」

美濃部は診療部屋から声を放ち、お松に日誌を取ってくるよう言いつけた。

程なくして葛根湯と日誌をお松が持って来た。美濃部は日誌をぱらぱらと開き、目を通してから、

「往診は七日と九日だけだ」

美濃部は答えて、源太郎が問いかける前に、

「女が殺された晩に限って、往診に出たということを不審に思っておるのだろう」

「いや、そうは決め付けておりません。ただ、事実を確かめたかっただけです。ところで、先生は何処で医術を学ばれたのですかな」

「お教える必要はない」

「昨今、医術の心得もないのに医師の看板を掲げ、医者の真似事をして不当に銭を取る輩がおります。いや、先生もそうだと申しておるのではございません。そういう輩もおるということです。ですので、町廻りの途中、目に付いた診療所に立ち寄り、医者の素性を確かめておるのです。まことに医術を学んだことがあるのか、と」

苦しい言い訳と思いつつも言った。

「わしもそんな不届き医者扱いを受けては黙っておれんな」

美濃部は苦笑を漏らした。怒ってはいないが、いつ爆発してもおかしくはない。腫

れ物に触るような丁寧さで、

「先生がまっとうなお医者だと確かめるために、お伺いしておるのです」

必死で表情を和ませる。

美濃部は小机に向かった。怒って無視したのかと思っていると、紙に筆を走らせた。

書き終えたところで、源太郎に示す。そこには、並河西庵《みなかわせいあん》と記されていた。

「浅草花川戸町《はなかわどちょう》に診療所を構えておられる。わしは、並河先生の元で医術修業をした」

美濃部の物言いは、源太郎に対するような横柄《おうへい》なものではなく、さすがに恩師に対する礼を尽くすものであった。

「高名な医師でいらっしゃるようですな」

源太郎の問いかけに当たり前のことを訊くなというように苦い顔をして首肯した。

「お訪ねしてもよろしいですな」

「かまわぬぞ。紹介状をしたためてやる。先生は高名な医師だからな、おまえたち八丁堀同心風情が、いきなり訪ねて行っても会えるものではない」

美濃部は言った。自慢するでも嫌味でもなく、心底からそう思っているようだ。口が悪くて偏屈な男だが、正直なようだ。根はいい人なのかもしれない。

「ありがとうございます」

素直に美濃部の厚意を受け入れた。お松をちらっと見る。お松は視線をそらした。

源太郎はその足で浅草花川戸町にある並河西庵の診療所へと向かった。

浅草広小路を歩き、浅草観音の参道入り口にある風雷神門《ふうらいじんもん》を左手に過ぎ、大川のそばが花川戸町である。川が近いため、絶えず川風に晒され、寒さひとしおであるが、広小路は大勢の男女が繰り出している。人の波を縫うようにして歩き、並河の診療所に至った。

広小路から一歩横丁を入った並河の診療所は、診療所というよりは屋敷であった。

黒板塀に囲まれた敷地、千坪はあろうかという立派な構えである。冠木門《かぶきもん》を潜ると、右手が診療所であった。左手には瓦葺《かわらぶ》き屋根の立派な母屋が建っていた。診療所から庭にまで患者が列を成していた。

門人たちがさばいている。源太郎を見かけ、

「あいにくと、本日は診療の受付は終了です。明日、改めておいで願えまいか」

「いや、診療を受けにまいったのではありません」

と、並河に会いたい旨を告げようと思ったが、この患者の数では、とてものこと面

談できそうにない。しかし、並河に訪問したことを告げておいた方がいいだろう。

「拙者、北町の蔵間と申します。並河先生にお取り次ぎ願いたいのですが、この様子ですと、無理でしょうな」

美濃部の紹介状を手渡した。

「ほう、美濃部先生からのご紹介ですか。先生でしたら、母屋にて書見されておられます。しばし、お待ちを」

門人は母屋へ行こうとした。それを引き止め、

「すると、診療所では、どなたが診療に当たっておられるのですか」

「並河先生の弟子たちが五人、診療に当たっております」

並河は滅多に診療には出ないそうだ。なるほど、よほど高名な医師なのだろう。

源太郎は気後れしそうになりながらも、並河との面談が整うか待った。程なくして、弟子が戻って来て、並河が会うことを承諾したと告げた。母屋の玄関を入り、廊下の突き当たりの部屋が並河の書斎ということだ。

源太郎は大刀を鞘ごと抜いて右手に持ち、廊下を進んだ。廊下は樫《かし》の一枚板で作られ、鏡のように磨きたてられている。素足はひんやりとし、足音を立てるのも憚られる。板敷きに自分の姿がぼんやりと映り込んでいた。

閉ざされた襖《ふすま》の前に正座をし、

「北町の蔵間です」

と、声をかけた。

すぐに、

「入りなさい」

低いが襖越しでもよく通る声であった。源太郎は失礼しますと声をかけてから襖を開いた。書見台に書物が広げられ、黒の十徳《じっとく》を着た痩せた男の背中が見えた。髪は真っ白だ。十徳の黒と髪の白が対照を成し、並河の名声と相まった威厳に圧倒される。書見をやめようとせず、こちらを向かないが呼びかけることはできない。

書見の邪魔にならないようすり足で畳を進む。縁を踏まないように気をつけながら並河のそばにやって来ると、正座をして大刀を右に置こうとしたが、それでは、礼が足りないと思い、背後に置いた。

膝に両手を置き、並河が振り返るのを待つ。火鉢の鉄瓶から湯気が立ち上り、滾《たぎ》る音と、並河の書物を捲る音が静かに響き、静寂を際立たせている。緊張の中、しばらく待っていると、並河は一つ咳をしてからこちらに向き直った。皺だらけの顔だが眼光は鋭く、医師というよりは、練達の兵法者のようだ。

「ご多忙中、恐縮です」

源太郎は深々とお辞儀をする。

「そう、堅くなることはない」

並河の口調は穏やかだ。

「本日、まいりましたのは、神田鍛冶町にて診療所を構える美濃部堂薫殿につき、先生にお尋ねしたいことがありまして、まかり越しました」

美濃部に言ったのと同様、昨今、医術の心得がないのに医者を気取り不当な診察料を取る者が跋扈《ばっこ》していることから、医師の素性を確かめていると言い訳をした。

並河は目をしばたたき、

「美濃部をお疑いか。ならば、申す。美濃部堂薫は確かにわが弟子である」

源太郎は一礼してから、

「美濃部先生は、並河先生の下で医術の勉強をなさったのですな。どのような、弟子でございましたか」

「非常に優秀……。とは申せなかったな」

美濃部の顔に笑みが広がった。往時に思いを馳《は》せるように斜め上を見上げ、両目をしばたたいた。

「と、おっしゃいますと」

「弟子入りして初めのうちは、こいつはものに成るか心配であった。美濃部は十四で学びに入り、初めの半年は辛抱が足りなかった。新弟子には、最初は下働きをさせるのだが、美濃部は言いつけをよく破った。診療所の掃除や薪割《まきわ》りをしばしば休み、弟子たちといさかいを起こした。ただ、勉学には熱心だったな」

初めのうちこそ、反抗的な態度が目についた美濃部であったが、医術の勉強は熱心で、勉強が進むにつれ、診療において患者へのいたわりを覚えた。すると、行いも自然と素直になり。下働きも嫌がらなくなったという。

「五年後、十九の歳に長崎で学ばせ、三年の修業の後に一人前の医師として江戸に戻ってきた。昨年のことだ。それで、今年の春から神田で診療所を構えた。と、いうのが美濃部の経歴だ」

「開業の資金はどうされたのでしょう」

「長崎で診療所を手伝った時の蓄えと友人、知人から借りたと申した。わしも、些少《さしょう》なら用立てようとしたが、美濃部は骨のある男でな、わしの、つまり、師からは医術を学ぶだけで、金子《きんす》の世話にまでなるつもりはないと断りおった」

美濃部の人柄を思えば、納得できる。

「ご出身はどちらでしょうか」

するとと、今まで立板に水であった並河が言い淀《よど》んだ。わずかの間だが思案するように沈黙してから、

「父親は浪人であった。美濃から流れて来た。父親が病を得てな、わしが手当てをしたが、労咳が既に進行しており、手遅れであった」

美濃部の父親は程なくして死に、美濃部は労咳に苦しむ父を救えなかったことを悔い、医術を志したのだということだ。

「美濃の出であることから美濃部という苗字を名乗り、通称は確か正二郎《しょうじろう》と申したな」

「よくわかりました」

美濃部堂薫は正真正銘の医者であった。

二

「ところで、先生の診療所は大変に繁盛なさっておられるようですな」

源太郎は言った。

「繁盛ではない。うちは、商いをやっておるわけではないからな」

「それはそうでしょうが、しかし、連日これだけの患者が訪れれば、こう申しては失礼ですが、繁盛と申せるのでございませんか」

これだけの患者が押しかけるからこそ、こんな大きな屋敷を構えていられ、多くの門人を抱えておられるのだ。それを、繁盛していないとしれっと答えるとは、いかにも偽善というものだ、と並河への反発心が生じた。

ところが、

「繁盛しておるように見えるだけだ。確かに連日、大勢の患者が詰め掛けてくる。あの患者たちからちゃんとした診療代をもらえば、それこそ、日本橋の呉服屋にもひけを取らぬ身代が築けることであろうて。しかしな、患者からは特に診療費はもらっておらぬ。患者に任せておる。支払う者は受け取る。払うことができない者からは、受け取ろうとは思わぬ。金を持つ者だろうが、貧しき者だろうが、病に罹《かか》った者に変わりはない。医師はな、病を治すことが役目。財を築くことではない」

並河の表情には微塵の揺らぎもない。

まこと、医師の鑑《かがみ》のごとき男である。しかし、この屋敷や多数の門人、診療費を受け取らずしてどうやって賄うのだ。すると、源太郎の心の内を察したのか、

「むろん、わしとて仙人ではない。霞《かすみ》を食うわけにはいかん。この屋敷、門人たちを維持するには金が必要じゃ」

「さようと存じます」

「幸い、わしはな、医術の方面では名を知られておる。よって、様々な武家やら分限者から往診を頼まれる。そうした、富裕な方々からは、それなりの診療費を頂戴する。はっきり申して、多額の金子だ。そのような金子によってこの診療所を保っておる。貧しき者たちの診療に役立つということだ」

「なるほど、これで得心がゆきました」

源太郎は心底から納得した。

「わかったか。若いの」

並河は打ち解けてくれた。

「往診先の武家と申されますと、御旗本でございますか」

「旗本も、時には大名もじゃ」

「ほう、それは凄いですな。では、大名の御典医《ごてんい》にもおなりになれるのではございませんか。さぞや、お誘いの口がかかるのではございませんか」

「確かに話はある。しかし、わしはな、どうも、典医というものは好かぬ。肩苦しくてな。それよりは、直に患者と接し、若くて優れた医師をたくさん育てたい。一人でも多くの医師が育てば、それだけ大勢の患者の病を治せるというものじゃからな」

並河は深々とうなずく。

「いや、立派なお心がけでございます。まこと、感服致しました」

源太郎は頭を下げると、すっくと立ち上がった。

「そうだ。町廻りをして、貧しいがために、医者にかかることができない者がおったら、ここを教えてやって欲しい」

「はい、是非とも」

源太郎はうなずくと深々と頭を下げて書斎から出た。母屋を出ると、相変わらず、大勢の患者が診療待ちをしていた。

夕暮れとなり、源太郎は三河町の京次の家に寄った。

お峰は気を利かせて湯屋へ行くと出て行った。二人きりとなったところで、

「美濃部の評判、あれからも聞き込んだんですがね、概ねいいものでしたよ」

京次は言った。

「概ねというと」

「やはり、癇癪玉を破裂させることを怖がる者がいるってことです。以前から怒りっぽかったのですが、このところ、より激しくなっているそうです」

「お松のことがあって、苛立っていたからではないのか」

「そのようですね。ですから、患者も診療に行くことを怖がってしまって、かといって、通わないともっと怒られるって、そりゃもう、恐々となっているそうですよ」

「美濃部は美濃の浪人の子であったようだ」

源太郎は並河から聞いた美濃部の経歴を語った。

「父親が診療所の近くで倒れ、その死を看取《みと》ったのが並河西庵、西庵は浪人から美濃部を託され、医者として育てたということだった。最初の半年は言うことを聞かず、手を焼いたが、その後は勤勉になった……」

「じゃあ、生まれついての気性の荒い男だったのかもしれませんね」

「そうだ……。美濃部は非常に短気な人柄を抑えて医師を続けている。それが、時折、我慢ならなくなり、素顔が現れる。そんな美濃部が妻を凌辱《りょうじょく》されて、平気でいられるはずはない、ということか」

「十分に考えられます。ですがね、証はありません。お縄にはとてものことできませんね」

京次に指摘されなくても、源太郎自身がよくわかっている。

「そうだな、いくら短気であろうと美濃部は医師だ。殺し、しかも、あんなにも残忍な方法での殺しなどしないだろうな」

源太郎は思い直した。

「そう言われてみればそうなんですがね。ああ、そうだ。短気で癇癪持ちの怖い先生という評判がある一方で、仏の先生とも言われているんですよ。診療費はある時払いの催促なし、侍ややくざ者といった強い者にも屈しない、そんなことから仏と評判されているみたいですね」

「仏の慈悲深さとは無縁なようだがな」

源太郎が首を捻ったところで、

「仏の顔も三度まで……」

京次はぽつりと漏らした。

「それだ」

源太郎は手を打った。

つまり、仏の顔も三度までなのだ。仏の先生とは、三度怒らせたら、怖いぞという意味で仏の先生とあだ名されているのではないのだろうか。

そう考えると、美濃部が仏の先生という評判と短気という一面を持つことの矛盾《むじゅん》は解消した。

「美濃部という男がどんな男なのかはわかった。人を殺すかもしれないという一面を持っていることもわかる。しかし、それだけのことだな」

現実は、美濃部をお勝とお民殺しの下手人と見なすには根拠が乏しい。

「そうですよね」

京次もそのことはわかっていた。

「しばらくは、美濃部の身辺を当たってみるか。それと、女房のお松に乱暴を働いたやくざ者を探ろう」

「お松は頑《がん》としてやくざ者の名前を言わないとか」

「さすがに、本人に訊くことは憚られるな」

「いや、こうなったら、訊き出しましょうか」

「しかし、思い出したくもないだろうし、美濃部が黙ってはいまい」

源太郎は考え込んだ。

「こりゃ、ちょっと厄介ですね」

「厄介でもやらないとな」

源太郎は己にも言い聞かせた。

八丁堀の組屋敷へと帰った。源太郎と美津の住まいは、源之助の組屋敷内に新造されていた。木戸門を入ってすぐ左手だ。

「お帰りなされませ」

玄関で美津が出迎えた。

「どうしたのですか。お疲れのようですね。風車の金次郎を真似た殺しの探索がうまくいっていないからですか」

美津らしく、探索のことに興味を抱き、いかにも聞きたそうだ。

「そんなことはない」

余計な口を挟むなという意志を目に込めた。美津はぺろりと舌を出した。それから、

「そうそう、兄上から父上がお留守の間、母上の身辺に気を配れと言われました」

「母上の身辺を……」

源太郎は首を捻った。

「そうなんです」

「どうしてだ」

「はっきりとは申されませんが、父上は敏腕の同心ゆえに、恨みを買っておるということでしたが……」

「敏腕だが、町廻りを外れてもう六年になるのだ。今更、恨みを晴らそうなどという連中などいるものかな」

源太郎は首を捻った。

「わたしも、おかしいとは思ったのですが、兄上は大真面目でしたので、これは冗談ではないと思ったのです」

美津は昼間、源之助が留守の間は、久恵のことを見ていたのだという。

「どういうことだろう」

ひょっとして、影御用に関わりがあるのだろうか。きっと、そうだろう。家族にまで害を及ぼしかねない敵とは……。

三

源之助が慶次郎から連絡を受けたのは、博打で負けた翌日十三日の朝であった。

じりじりとした不安な思いを胸に仕舞い、北町奉行所の居眠り番に出仕したところへ使いがやって来たのだった。

両御組姓名掛は、居眠り番と揶揄される部署であるゆえ、奉行所の建屋内にはなく、築地塀に沿って建ち並ぶ土蔵の一つに間借りしている。壁には棚が立ち並び、南北町奉行所に属する与力、同心たちの名簿がイロハ順に収納されている。板敷きの真ん中に畳が横に二畳敷かれ、文机《ふづくえ》と火鉢があるだけの殺風景な空間だ。

天窓から差し込む陽光は弱々しく、隙間風が絶えない。夏暑く、冬寒い、なんとも居心地の悪い職場だ。唯一の取り柄は暇ということで、職務中に寝転がっていようが、蔑称《べっしょう》である居眠りをしていようが、咎《とが》められることはない。

その暇さ加減は左遷された当初は耐え難いものだったが、影御用を担うようになってからは、影御用遂行のためのよき息抜きの場となっている。

さすがに、畳に寝転がることは憚られる。そこまでは堕落《だらく》したくないという意地が源之助にはある。

火鉢に手を翳《かざ》し、さて、これからどうするかと思案していると、引き戸に巨大な影が映った。

恵那山である。

「邪魔するぜ」

恵那山はのっしのっしと入って来た。床を軋《きし》ませ、大手を振った堂々たるもので、源之助を見下ろす様は仁王のようだ。相変わらず、浴衣掛けであるが、身震い一つせず、火鉢に当たろうともしなかった。

「大親分、いや、若さまからの命令を持ってきたぜ」

恵那山はいきなり切り出した。

源之助は火鉢にかざした手を引っ込め、黙ってうなずく。

「神田鍛冶町に美濃部堂薫という医師がいる。その美濃部を始末しろ」

始末が殺せという意味であることはわかる。

「何故、医師を殺すのだ」

むっとして問い返す。

「おっと、わけは聞かねえことだ。あんたは、ただ、若さまの命令を行えばいいんだ」

恵那山は憎々しげに顔を歪めた。

「なるほど、おれは博打に負けた。命を賭けた。おれの命を取るというのなら、従う。しかしな、人の命を奪うということなどできるはずはない」

「つべこべ言うんじゃねえ」

恵那山は嵩《かさ》にかかってきた。

「つべこべ、言うぞ」

源之助は抗った。

「とにかくだ。あんたも男なら、覚悟を決めるこったな」

「断る」

「断れねえぜ」

「十万石の御世継ぎが殺しを依頼したのなれば、無事ではすまんぞ」

「それを言うか。そいつは卑怯《ひきょう》ってもんだぜ。あんたは、大勝負に負けたんだ」

「だからと申して……」

「いいか。あの場にいたのは、若さまじゃねえ。博打打ちの慶次郎だ。第一、あんただって、十手を持つ身で、賭場で遊んでいたなんてわかったら、それこそ、手が後ろに回るってもんだ。あんただけじゃねえ。北の奉行所は御奉行以下、無事じゃすまねえだろうよ」

確かにその通りである。

「あんたの命は若さまのもんなんだ。もっともな、ものは考えようってもんだぜ。思わぬ一番富《とみ》を引き当てたかもしれねえってこった。あんた、こんなところでくすぶっている玉じゃねえ。今は、こんな閑職にあるけど、以前は腕利きの同心だったらしいじゃねえか。今でも、そん時の腕を見込まれて厄介事を持ち込まれるってな。それを引き受けてるってことは、今の役目に不満を持っているからだろう」

　恵那山は土蔵内を見回し、ひでえ所だなと毒づいた。

「何が言いたい」

「つまりだ、十万石の御世継ぎさまに見込まれて、これからいい思いができるって考えればいいじゃねえか。銭金が欲しけりゃ、欲しいままだぜ」

「見込まれたか……」

　苦笑を漏らした。

「そう、考えるこった」

「斬るのは美濃部堂薫だな」

「覚えたな」

「おまえたちで始末できないのか」

「おれたちはまずいんだ。顔を知られているからな」

「それでおれを……。慶次郎さま、どうして美濃部を」

「だから、そりゃ聞きっこなしだって。頼むぜ。いつやるのかはあんたに任せるが、いつまでもずるずる引き延ばすのはやめてくれ。いいか、わかったな」

恵那山は念押しすると腰を上げ、出っ張った腹を右手で叩いた。気持ちいいほどの音を響かせ、肩を揺すりながら出て行った。その背中はまさしく岩山のようだ。恵那は木曾《きそ》と近いと聞く。おそらくは、山深い土地なのだろう。恵那山と背後に控える慶次郎の強大さを思わせる。

この二人に辰五郎が加わるだろう。

敵は益々手強くなるというわけだ。

だからといってひるんでなるものか。敵が強ければ強いほど、闘志が湧く。

空威張りではなく、今までも負けん気で数々の危難を乗り越えてきたのだ。

入れ替わるようにして、牧村新之助《まきむらしんのすけ》が入って来た。かつての部下、今は源太郎の先輩として定町廻りの役目を担っている。見習いの頃、源之助が定町廻りの仕事の手ほどきをし、心構えを叩き込んだ。その恩を忘れることなく、見習い時代の源太郎の指導に当たり、現在は先輩として源太郎の相談相手になってくれている。

「なんです、今の奴。相撲取りのようにでかかったですけど……」

新之助はいぶかしんだ。

「やくざ者だ」

「まさか、やくざ者の影御用をお引き受けになったんじゃないでしょうね」

「それはない」

否定したが、言葉に力が入らない。そんな源之助の微妙な心の揺れを新之助は見逃さず、

「いかがされましたか。お身体の加減がよくないのではないですか」

「そんなことはない。この通り、元気だ」

源之助は胸を叩いた。顔の腫れは残っているが、大したことはない。口中の傷が痛むし、背中一面の痣は未だ生々しいものの、外見にはわからない。

「いや、このところ、蔵間殿がお元気がないと気になっていたのです。こんなことを申しては失礼ですが、そろそろお身体を労《いた》わるようになされませ。医師に診てもらったらどうですか」

「そんな必要はない」

つい、意地になって強い口調で否定してしまった。

「いや、診てもらった方が……」

尚も勧めようとしたが、自分の言うことなど聞く耳を持ってはくれないと諦めたのか、新之助は口を閉ざした。

医師か。

「ところで、神田の町医者で美濃部堂薫を知っておるか」

医師と聞いて美濃部のことが思い浮かんだ。

「美濃部……」

新之助の表情が強張《こわば》った。

「美濃部がどうかしたのか」

「いえ、その……」

新之助はもごもごと口ごもった。

「どうしたのだ」

「実は、源太郎と京次が探りを入れておるのです」

「何かやったのか」

「まだ、特定はできないのですが、今、江戸を騒がせている風車の金次郎を真似た殺し、三河町の油問屋扇屋の娘お勝と夜鷹のお民殺しの下手人ではないかと疑って調べておるのです」

新之助は言った。

「美濃部という医師、どんな男なのだ」

「蔵間殿、どうして美濃部のことを……。まさか、影御用と関わりがあるのですか」

「まあ、そんなところだ」

新之助はもっと具体的な話が聞きたそうであったが、源之助への遠慮があるのだろう。口を閉ざした。

「源太郎の報告によりますと、美濃部の評判は大変にいい医師という反面、非常に短気で痼癪持ちという強面の一面も併《あわ》せ持つとのことです。まだ、歳若く、医術は浅草の高名な医師、並河西庵の元で学んだのだとか。出身は苗字が示すように美濃で、父親は浪人だったそうです」

「源太郎が美濃部を下手人だと疑うわけは何だ」

美濃部堂薫、美濃出身か……。

慶次郎が美濃部堂薫を殺せと命じたのは、美濃部の出自に関わりがあるのかもしれない。美濃部の父はひょっとして美濃恵那藩小田切家に仕えていたのではないか。そのことが、慶次郎にとっては不都合がある、ということでは……。

どんな不都合なのだ。

「源太郎が疑っているのは、美濃部本人ではなく、妻のお松に原因があるのですよ」

「妻……」

「妻がやくざ者に手籠めにされたのです」

新之助は、美濃部の妻お松に、お勝が嫉妬していたことを話した。お勝と夫婦約束を交わした油問屋の倅、矢五郎をお松がたぶらかしたと疑ったのだ。その直前に、お松がやくざ者に手籠めにされるという事件が起きた。お松は心身共に傷つき、憎悪の矛先をお勝に向けた、と源太郎は考えたが、美濃部の診療所を訪問し、お松の傷心ぶりが尋常ではないことから、とても殺しなどはできないと思い直した。

「ところが、夫の美濃部にならできると踏んだのか」

「そういうことです」

新之助は首肯した。

「手籠めにした相手のやくざ者はわかっておるのか。美濃部は短気で癇癪もちなのだろう。仕返しなら、やくざ者にするのではないのか」

「それが、お松は衝撃の余り、肝心のやくざ者について語ろうとはしないのです。無理に訊き出そうにも、美濃部の目が光っていて、源太郎は難儀しております」

「源太郎の奴、甘さが抜けんな」

息子の不甲斐《ふがい》無さをなじる一方で、お松を手籠めにしたやくざ者が恵那山たちではないのか、と思い至った。

とすれば、美濃部を始末したいのは、慶次郎ではなく恵那山と考えてもおかしくはない。慶次郎は恵那山から頼まれ、源之助を遣おうとしているとは考えられないか。

美濃部が下手人としたら、美濃部は何故恵那山を狙わず、町娘などを狙ったのだ。源太郎の探索によれば恋路のもつれから妻の憎悪の念は殺された町娘に向けられたということだったが、恵那山を狙わないのは、困難だからか。

疑問は尽きない。

そもそも、お勝とお民殺しの下手人は美濃部堂薫なのだろうか。

「よし、わたしも美濃部の診療を受けてみるか」

「蔵間殿……」

新之助は困った顔をした。

「なに、源太郎や京次の邪魔はせぬ」

その美濃部を斬らねばならないとは言えない。

「蔵間殿のことですから、止めても無駄ですし、源太郎の邪魔立てなどするようなことはなさらないでしょうから」

新之助は小さくため息を吐いた。

「まあ、余計なことはせぬ」

源之助は言った。

新之助が出て行き、しばし思案の後に、やはり美濃部を訪ねようと思った。おそらくは、源太郎と京次が身辺を探っているだろうから、自分が診療所に行けば気付かないはずはない。そのことは織り込み済みで慎重に仕事をしなければならない。

源太郎と京次に、美濃部を斬る、とは言えないのだから。

風車の金次郎を真似た殺しにも俄然興味が湧いた。影御用ではないが、首をつっ込まずにいられない。

「父上、おやめください」

源太郎の困った顔が浮かぶ。

「心配するな、邪魔立てはせん」

もし、美濃部が殺しの下手人だとしたら、そのことと慶次郎の美濃部を殺せという命令とは関係があるのだろうか。まったくないとは考えられない。偶然であるはずがない。

四

　昼近く、源之助は神田の美濃部堂薫の診療所へとやって来た。今日も分厚い雲に覆われた冬ざれの一日だ。それでも、杵屋特製の鉛仕込みの雪駄を履いて急ぎ足で歩いてきたおかげで、身体はぽかぽかとし額は薄っすらと汗ばんでさえいた。この汗が自分の壮健さを物語っているようで、不快どころか心地良さを感じながら手巾《しゅきん》で拭う。診療所を覗こうとしたところで、

「蔵間さま」

　と、京次から声をかけられた。

「やっぱり、いたか」

　源之助はにんまりとした。

「なんですよ、やっぱりって」

　京次がいぶかしんだところで、源之助は何処かで話をしようと持ちかけた。京次は美濃部のことが気になるようだったが、診療の間は美濃部が何処かへ行くことはあるまいということで、近所の茶店に入った。

「美濃部のことを探っておるのだな」

源之助は新之助から聞いた美濃部の一件を語った。

「蔵間さまは、どう思われますか。美濃部って医者の仕業だとお考えですか」

「医者が人を殺すか……」

呟いてから、やくざ者が大名になるかもしれないのだということが脳裏に浮かんだ。

「美濃部って医者、普段は温厚で人当たりがいいんですがね。一旦、怒りだしたら、おっかねえのなんのって」

京次は訪れた際の美濃部の怒りぶりを語った。

「短気で怒りっぽいからっていうだけで、人を殺すんだったら、江戸中殺しだらけになりますけどね」

京次は自嘲気味な笑みを浮かべた。

と、視線を診療所に向ける。すると、引き戸が開き、髪は儒者髷《じゆしやまげ》、黒の十徳を重ねた若い男が出て来た。左の手に薬籠《やくろう》を提げていることから医師である。顔まではわからないが、おそらくは美濃部堂薫であろう。果たして、京次があわてて顔をそむける。

源之助は立ち上がった。

「どうなさるんですか」

京次の問いかけに、

「決まっておろう。後をつける」

「あっしがやりますよ」

「おまえは、面が割れておる。いいから、任せろ」

源之助は京次の返事を待たず、美濃部の後を追った。京次の困った顔を横目に美濃部を尾行する。美濃部は左手に薬籠を持ち、大股で歩いて行く。寒風をものともせず、急ぎ足で進む。柳原通りを両国方面へと向かっている。

往診に行くようだ。


両国西広小路の喧騒を抜け、神田川に架かる柳橋《やなぎばし》を渡った。橋の上では川風に煽られ、足が止まってしまったが、美濃部は歩速を緩めたものの、軽快な足取りで渡りきった。寒空の下、猪牙舟《ちょきぶね》や屋根船を操《あやつ》る船頭たちの声が微妙に震えているのが寒さの厳しさを際立たせているが、源之助は敢えて胸を張り、いや、意地を張って進んだ。

往診にしては、遠出のような気がする。町医者の患者が診療所からこんなにも離れた所にいるのだろうかといぶかしんでしまった。

すると、美濃部は船宿が建ち並ぶ、浅草平右衛門《へいえもん》町《ちょう》の裏手に面した立派な門構えの料理屋へと入った。料理屋の主人とか女将《おかみ》、あるいは奉公人が患者ということなのか。しかし、このような老舗の料理屋なら、言ってはなんだが、もっと、名のある医者に診てもらうのではないか。

源之助の同心の勘が働いた。

黒板塀に沿って裏手に回る。

裏門は生垣になっており、中を見通すことができた。果たして、美濃部が縁側を歩いて来た。生垣に身を寄せる。周囲や店には誰もいないことを確かめ、中に入る。躑躅《つつじ》の植え込みに身を隠し、様子を窺う。美濃部は庭に面した座敷の障子を開けた。

隙間から、恵那山の巨体が見えた。

美濃部と恵那山が会っている。

一体、どういうことだ。

障子が閉じられるや、源之助は床下へと潜り込んだ。蜘蛛《くも》の巣を払い除け、じんめりとした空気を振り払うようにして腹ばいとなって進む。凍った地べたは堅く、進むたびにきゅっと鳴る。冷気が立ち込め、かび臭い。併せて鼠《ねずみ》の死骸の腐臭が鼻をついた。

居心地悪いことこの上ないが、恵那山の野太い声が聞こえてくると、寒さも忘れた。

女の声も混じっているのは、女中のようだ。美濃部の声は聞こえない。恵那山が呼ぶまでは、来なくていいと女中を追い出した。

その様子からして、単なる会合ではない。何か重要な話があるのだろう。冷たい風が吹き込んでくる。襟を引き寄せ身をくるめながらも耳をすませた。

「恵那山、町方がうるさく嗅ぎまわっているぞ」

「そらまたどうしてですよ」

「おれのことを、女殺しの下手人だと疑っておるのだ」

「へえ、そうですかい」

恵那山はおかしそうに笑った。まさか、ここで、恵那山は美濃部を殺すつもりはあるまい。この老舗《しにせ》の料理屋の座敷で殺しなどするはずがない。第一、自分や手下の手を使うくらいなら、源之助にやらせはしないだろう。

「おまえ、手下に自首させろ」

美濃部は命令口調である。

「そんな、無茶言わねえでくだせえよ」

「無茶ではない。おれが、お縄になったらどうするんだ。何もかも、白状してやろうか」

美濃部はとても医者とは思えない、やくざ顔負けのどすの利いた口調である。

「勘弁してくだせえよ」

「なら、言うことをきけ。手下の一人、下手人にすることくらい造作もないことだろう」

美濃部は哄笑《こうしょう》を放った。

恵那山は黙っている。

「これからが、いよいよ、大事な時だろう。企《たくら》みが頓挫《とんざ》してもいいのか」

「こいつはまいったな。どっちがやくざ者なのかわかりゃしねえ」

「馬鹿言うな。おれは医師だ。おまえらのようなやくざ者とは違う」

「よく、おっしゃいますよ」

姿は見えないが、恵那山の嘆きが手に取るようにわかる。

「ともかくだ。手下を自首させろ」

「わかりました」

「よし、診療は終わった。さあ、診療費だ」

「ええ……。診療費ですか」

恵那山は当惑している。

「当たり前だ。往診に来てやったのだ。診療費を受け取るのは当然だろう」

「わかりましたよ。おいくらで」

「十両で勘弁しておいてやる」

「十両……」

恵那山は絶句した。

「早く、払え」

美濃部の声に苛立ちが滲んでいる。なるほど、相当に短気なようだ。

「まったく、先生にはかなわねえや」

恵那山は観念したようだ。

恵那山相手に、十両を脅し取るとは美濃部堂薫という男、相当に肝が据わっている。いかにも強気に出られるのは、美濃部堂薫という男のやくざ者も歯牙《しが》にかけない剛毅さを物語っているが、それに加えて、恵那山の弱味を握っているからだろう。その弱味とは何だ。

風車の金次郎を真似たお勝とお民殺しの下手人を知っているということか。いや、そうではあるまい。自首させろとは、身代わりを立てろということだ。ということは、やはり、下手人は美濃部堂薫自身ということか。自分の身代わりに恵那山の手下を差し出すよう要求したということだろうか。

殺しの身代わりを立てることを要求できるほど、美濃部は恵那山を脅す材料を持っているということだ。

それは何だ。

言えることは、恵那山が斬れと頼んできたほどの弱みを美濃部は握っているということだ。

やはり、慶次郎の要請ではなく、恵那山の希望なのかもしれない。

見極めねば。

それにしても、この、美濃部堂薫という男には興味がそそられる。恵那山というとんでもないやくざ者を脅すだけではなく、ぬけぬけと十両をふんだくるとは。

すると、

「おい、診療は終わったのだ」

美濃部の声がした。

「では、これで失礼しますんで」

恵那山が言うと、

「診療は終わったのだ。女中を呼んで料理を注文しないか」

美濃部は平然と言った。

「ええ……。召し上がるんですか」

「当たり前だろう。ここは、料理屋だぞ。料理を食い、酒を飲まないでどうするのだ」

「そりゃそうですけど」

恵那山の困惑顔が目に浮かび、思わず笑い声を上げそうになった。

「ならば、酒と料理を運ばせろ。芸者も呼べと言いたいところだが、それは勘弁してやる」

「そいつはすみません」

恵那山は自分が悪いことでもしたように謝った。すっかり、美濃部に牛耳《ぎゅうじ》られている。

恵那山は手を打ち、女中を呼び料理と酒を運ぶように言いつけた。

「よろしいのですか。このあとにも、診療がおありなんでしょう」

「あるさ」

「じゃあ、お酒はよろしくねえでしょう」

「診療について、おまえのようなやくざ者の指図は受けん。いいから、どんどん運ばせろ」

美濃部の勢いは止まらない。やがて、女中が食膳と酒を運んで来た。そろそろ、身体が冷えてきた。しかし、酒が入ると、もっと本音が聞けそうだ。ここは、もう少し粘るべきだろう。

源之助は己を鼓舞《こぶ》した。両手に息を吹きかけ、じんわりと忍び寄ってくる底冷えに耐える。

「よい酒だな」

「そら、伏見《ふしみ》の蔵元から取り寄せていますからね」

「鯛《たい》も上等だ。身が柔らかくて、解《ほぐ》しやすい」

「それは、ありがとうございます」

「そうだ。身代わりの奴には、しこたま、飲み食いさせてやれよ。女を抱かせてな」

「承知しますかね。身代わりとなりゃ、打ち首間違いなしだ」

「そんなことまでは知らん。おまえの責任でやるんだ」

美濃部は笑った。

五

「先生にはかなわねえや」

恵那山は言った。

「やり方はおまえに任せるがな。おれがお縄にならないようにしろ。いいな」

美濃部の口調は冷めている。

「わかりました」

すっかり、恵那山は美濃部に飲み込まれていた。

それから、半時ばかり美濃部は上機嫌に飲み食いをし、席を立った。

源之助は再び、美濃部の後をつけた。美濃部は酒を飲んだにもかかわらず、しっかりと歩いていて、千鳥足《ちどりあし》とは無縁だ。ただ、心なしか弾むような足取りに見える。雲が切れ、日が差してきたが風は強く、砂塵《さじん》が舞って目を手で覆った。一瞬だが、美濃部から目を離したことにひやりとしたが、幸い美濃部の背中は前方にある。来た道を戻って行く。ということは診療所に帰るつもりなのだろう。

果たして、神田鍛冶町の診療所の前に至った。

咄嗟に、

「ああ、痛い」

と、声を張り上げた。

思わず、美濃部が振り返る。

源之助は腹を抱えて、うずくまる。美濃部が気付いたことを確かめて痛いという言葉を繰り返した。美濃部はさすがに医者であり、眼前に苦しむ男を見て放ってはおけないようだ。

「どうした」

薬籠を横に置き、近づいて来た。

「いや、胸が急に苦しくなって」

大丈夫だと、告げて立ち上がったところで、再びよろめくと美濃部の肩を摑んだ。

美濃部は源之助を抱きかかえながら、

「ともかく、診療所の中へ」

と、背後を振り返る。

「かたじけない」

「礼はあとだ」

美濃部は言うと、源之助の肩に手を伸ばした。源之助は美濃部に抱きかかえられながら診療所の中に入った。中では患者が何人か待っていたが、

「お松、急患だ」

美濃部は声を放った。患者たちも心配そうな顔を向けてきた。患者には申し訳ないと心の中で謝りながら、板敷きを進む。奥の診療部屋まで歩き着くと、お松と呼ばれた女が応対してくれた。新之助から聞いた、当初源太郎がお勝、お民殺しの下手人と疑った美濃部の女房だ。

「そこに、横になりなさい」

美濃部に言われ、源之助は畳に身を横たえた。胸を押さえ、苦しげな顔を作る。

「心の臓のようだが、以前から悪いのか」

美濃部は源之助の脈を取った。しばらくしてから、

「脈は異常がない。冬場になると、差し込むのではないか」

「その通りです」

「見かけたところ、町方のようだが……」

美濃部の目が凝らされた。

「北町です」

「町廻りか」

「いえ、内勤をしております。この身体では、町廻りは辛いもので」

「あまり、心の臓に負担がかかるようなことはしないのがよい。心の臓の発作というものは、侮《あなど》れぬからな。薬をやる。しかし、薬に頼るな」

その声音は、料理屋で恵那山を脅しつけていたものとはまるで別人である。正真正銘、医者としか思えない。源之助は半身を起こし、正座しようとしたが、

「膝を崩せ。楽な格好でよい。医師の前で礼儀作法は無用。できるだけ、心の臓に負担がかからぬようにな」

親切にいたわりの言葉さえかけてくれた。

「かたじけない」

感謝の言葉を口に出しあぐらをかいた。

この時初めて美濃部の顔をまともに見た。

慶次郎さま……。

源之助の胸が騒いだ。眼前にいる男は小田切慶次郎に似ている。

と、思ったのは束《つか》の間《ま》のことで、似ていることは似ているが、よく見るとはっきり

と見分けがついた。背格好というか、顔の輪郭《りんかく》や神経質そうな目つきこそそっくりなのだが、鼻筋は慶次郎よりもよく通り、十万石のお世継ぎといってもやくざ者に身を落としていた慶次郎よりも、よほど気品があった。

「お松、白湯《さゆ》をお持ちしなさい」

お松はそっと席を立った。

源之助は顔をしかめながら、礼を並べ立てた。

「運がよかったな。差し込みがきたのが、診療所の前であったとは」

美濃部はにこやかに言った。

「悪運は強い方なのです。診療所の前で、しかも、先生が丁度《ちょうど》お戻りになったところですからな。どちらかへ往診に行っておられたのですか」

「往診でもして稼がんことには、診療所の維持もできんからな」

「こんなことを申してはお気を悪くなさるかもしれませんが、先ほど、抱きかかえられた時、酒の臭いがしたのですが」

源之助はにこっと笑った。美濃部は一瞬、表情をこわばらせたが、すぐに穏やかな顔つきとなって、

「これは失礼した。実は、往診先の商家で振る舞われた。わたしの診療のお蔭で、ご

新造《しんぞ》の具合がよくなったことに、感謝されてな。馳走《ちそう》したいと。むろん、断ったが懇願されてな。つれなくするのもなんだ。なにせ、患者と申しても、相手は分限者。おろそかにできん」

美濃部は苦笑を漏らした。

「医も算術ですか」

「そういうことだ」

美濃部は満面に笑みを広げた。

「先生はまこと正直なお方ですな。先生のような医者に診療される患者は果報者ですぞ。先生は貧しき患者からは診療費を受け取らぬとか。代わりに分限者からは高額の治療費を受け取る。並河西庵先生の教えなのですか」

たちまち美濃部の顔が警戒に彩《いろど》られた。声の調子が低くなり、

「わしが、西庵先生の元で医術を学んだことを知っておるようだな」

「ちと小耳に挟みました」

「貴殿、北町と申したな。北町の蔵間という同心を知っておるか」

「よく、存じております。なにせ、蔵間源太郎はわが倅ですからな」

源之助は言った。

美濃部の形相が変わった。温厚さはなりを潜め、こめかみに青筋を立てている。実際には目にしていないが、恵那山に対した時はこんな顔をしていたに違いない。

「そんな怖い顔、なさらないでくだされ」

源之助は言った。美濃部が身を乗り出したところで、お松が白湯を持って来た。

「かたじけない。先生、では、お薬を頂戴しましょう」

と、美濃部を見た。美濃部は苦々しい顔をしてお松から受け取った薬を差し出した。

次いで、

「ちょっと、患者の様子を見てきなさい」

と、言いつけた。お松はいぶかしんだが、すぐに部屋を出て行った。

「どういうつもりだ。どういうつもりでわしを訪ねた」

美濃部は言った。

「拙者、心の臓を患っておりますゆえ、高名な美濃部先生の診療を受けたいと思い、訪ねてまいりました。その際、たまたま、持病の発作が起きまして、運よく先生の診療を受けることができた次第」

源之助は一言も淀むことなく言った。

「ふん、よくもぬけぬけと」

美濃部は冷笑を浮かべる。

「どういうことでございますか」

「惚《とぼ》けなくてもよい。親子で、わたしのことを探っているのであろう」

「はて、何を探るので」

「まこと、親子で食えぬのう。いい加減に腹を割れ。わしが、風車の金次郎を真似た殺しの下手人だと思っておるのだろう！」

美濃部は大きな声を張り上げた。

「先生、そのように大きな声を出されますと、患者が驚きますぞ」

源之助は患者が待つ、板敷に視線を向けた。美濃部は苦い顔で黙り込む。それから、声の調子を落とし、

「どうなのだ」

と、改めて尋ねた。

「わたしは、殺しの探索もさることながら、美濃部先生と小田切慶次郎さまとの関わりが大いに気にかかるところです」

源之助は美濃部の目を見据えた。美濃部は薄笑いを浮かべ、

「小田切慶次郎、知らぬ名だな」

と、そっぽを向いた。

「恵那藩十万石、小田切讃岐守さまのご子息でございますぞ」

「ほう、恵那藩の若さまか。わしとは、関わりがないが、その若さまがどうしたのだ」

「お心当たりございませんか。先生は美濃のご出身だそうですが」

「美濃といっても、わしは大垣《おおがき》。恵那とはずいぶんと隔たりがある」

「ならば、話を替えます。浅草の博徒、草加の辰五郎と手下の恵那山は存じておりますな」

「博徒……」

「ええ、そうです。まさか、知らないとはおっしゃりませぬな」

源之助は睨んだ。

美濃部は探るような目をした。

「ああ、知っておる。恵那山は患者だ。恵那山ばかりではない。他の手下たちも患者だ。なにしろ、やくざ者たちは、喧嘩早いからな。医者にとっては、よい得意先ということだ。あんな奴らから、どんなにぼったくったっても、罰《ばち》は当たらぬ。わしは、あやつらからは、せいぜい、高い診療費を巻き上げてやる。それで、診療所を営み、貧しき者たちの診療に役立てる。これぞ、西庵先生の教えというわけだ」

美濃部はまさしく自信に溢れていた。

「なるほど、感服致しました」

源之助は頭を下げた。

「清濁併せ呑む、これぞ、世の中というものだ。町方の役目とて同じであろう。世の中、清いばかりがいいのではない」

美濃部は恵那山から脅し取ったことを先回りして言ったようだ。

美濃部堂薫、手強《てごわ》し。

源太郎の手には余るのではないか。

第五章　いかさま

一

源之助は診療部屋を出ると恵那山を訪ねようと思った。いや、恵那山ではなく辰五郎の話を聞きたい。辰五郎は一旦、慶次郎に縄張りを譲った。慶次郎を博徒の親分にふさわしいと判断したからだ。だが、慶次郎は小田切家の世継ぎとして一月《ひとつき》前に一家を離れた。

果たして、美濃部堂薫と辰五郎は面識があるのか。美濃部と恵那山の密談から推測すると、面識はあるように想像できる。

美濃部の命を狙うことは辰五郎も承知しているに違いない。こんな時期にいつまでも女と箱根にしけこんでいる場合ではあるまい。

板敷きを横切る際に、患者の中に見た顔がある。右手に包帯を巻き、手首から先がない。痛みが引かないのだろう。苦痛に顔を歪ませていた。

恵那藩邸で開帳されていた賭場の壺振りだ。

慶次郎に不手際を咎められ、手首を切り飛ばされた。壺振りも源之助に気付き、首をすくめ、そっぽを向いた。

「災難だったな」

源之助が声をかけた。

「どじを踏んじまって」

壺振りは八五郎《はちごろう》だと名乗った。慶次郎の賭場で五年、壺振りをやっているのだとか。それが、肝心なところでしくじった。

「お払い箱か」

「壺が振れなきゃ、役には立ちませんや」

恵那山からいくらかの銭を与えられ、放り出されたのだそうだ。

「気の毒だったな」

「旦那に同情されるようなことはありませんよ」

八五郎は苦笑を漏らした。

「おれはすっかりやられた」

源之助は肩をそびやかし、いかつい顔を歪ませた。

次いで表情を和ませ、

「おれは、手首どころか命までも握られてしまった」

源之助はわざと明るく言い添えた。八五郎は含み笑いを浮かべながら、

「旦那、あれ、まともな勝負だと思ってるんですか」

「いかさまということか」

矢作から聞いた仕掛けが思い浮かんだ。

「盆茣蓙の下に誰か潜んでいたのか」

「そういうことですよ。旦那も人が好いな。まんまとやられちまって」

「慶次郎さまは、いかさまを使うのか」

「これといった勝負にはね、やりますよ」

「どうりで、自信満々だったはずだ」

「そういうこってす」

「おれなんぞを取り込もうというのはどうしてなんだろうな。そんなにもおれを意のままにしたいのか」

「そりゃ……」

八五郎は話を続けようとしたが、診療部屋から美濃部に呼ばれた。

「すんませんね。精々、用心するこってすよ」

八五郎は診療部屋へと向かった。


昼八つ（午後二時）を過ぎ、源之助は浅草広小路にある辰五郎一家を訪ねた。が、今日も辰五郎は不在だった。箱根から戻っていない。代わりに恵那山が応対した。長火鉢を挟んで向かい合った。大刀を鞘ごと抜き、右に置く。

恵那山は相変わらず浴衣掛けである。「あんた、おれんとこなんかに来てねえで、さっさと片付けなよ」

片付けな、が美濃部を斬れという意味なのは自明の理だ。

「悪いが、それはできんな」

「なんだと」

恵那山の目が尖《とが》った。

「できん！」

語調を強め繰り返すと、

「あんた、勝負に負けたんだ。八丁堀同心といやあ、江戸っ子の鑑《かがみ》みてえなもんだ。勝負に負けといて、けつを捲《まく》るとは江戸っ子の面汚《つら》しだ。慶次郎さまはな、千両という大金と指をかけなさったんだ。あんたは自分の命と引き換えに引き受けたんじゃねえか」

　恵那山は言葉を荒らげた。

「あれが、まっとうな勝負だったら、卑怯者のそしりを受けて当然だ。だが……」

「いかさまだって言うのかい」

「そうだ」

「証拠でもあるのか」

「証人がおる」

「なんだと……。万が一にいかさまだったとしてもな、賭場の定法でその場で見破らなきゃ、意味がないんだぜ」

　恵那山は傲然《ごうぜん》と言い放った。

「あいにくと、こっちは博打の定法は知らんのだ」

「見損なったぜ。つくづく卑怯な野郎だな」

「お互いだろう。それより、おまえ、美濃部堂薫に脅されているな」

恵那山の目が源之助からそらされた。

「どうして、そんなことを……」

声も上ずり、明らかに動揺している。

「脅されている理由は何だ。何をネタに脅されているのだ。慶次郎さまにも関わることだろう」

「知らねえよ」

恵那山はぷいと横を向いた。

「話せ！」

源之助は強い口調で迫る。

「話にならねえ。とっとと帰りな。但《ただ》し、このままですむと思うなよ」

「その前に聞かせろ。慶次郎さまは、まことの慶次郎さまなのか」

「何を言っているんだ。勝負に負け、決まりごとを守らねえ上に、とんだ言いがかりまでつけるとはな。あんた、性根が腐っているぜ」

「その言葉、そっくりおまえに返す」

「あんたみてえな馬鹿は見たこともねえや。命を粗末にしやがってよ」

恵那山は強がりか、大笑いをした。岩のような身体、なかんずく出っ張った腹が大きく揺れる。

「慶次郎さまが、おれを殺すということか」

「そうは言っていねえ。ま、月夜の晩だけじゃねえってことだ」

「せいぜい用心する。ところで、こんな大事な時に親分の辰五郎は、まだ箱根で女といちゃついているのか」

「余計なお世話だ」

恵那山は帰れと怒鳴って右手をひらひらと振った。

源之助は右に置いた大刀を摑んで腰を上げた。立つなり、長火鉢にかけてある鉄瓶の底に大刀の鐺《こじり》を押し込むと、力を込めひっくり返した。

濛々と灰が立ち上る。

「な、なにしやがる。この不浄役人めが」

激しくむせながら恵那山が喚《わめ》いた。

源之助は無視して立ち去った。


辰五郎一家を出た。寒風に吹かれながら道を歩く。きっと、恵那山は自分の命を狙ってくるに違いない。そこを取り押さえ、美濃部と一緒に取り調べ、辰五郎一家の弱味を暴いて、あわよくば慶次郎にまで辿り着く。そう算段した。

自分を囮《おとり》にするとは、いかにも危険極まりないものだが、そうでもしなければ、事は進展しない。

広小路を上野《うえの》方向に進み道幅が狭まったところで立ち止まる。左手に折れればへっつい横丁だ。その通称の通り、へっつい（かまど）屋が軒を連ねている。行き交うのは棒手振《ぼてふ》りや行商人といった連中ばかりで、昼間でも人の通りは少ない。

源之助は迷わず足を踏み入れる。

案の定というか、算段通りに恵那山の手下たちがうようよと追って来た。

「おいでなすったか」

源之助はほくそ笑んだ。

「馬鹿な野郎だ。せっかくの儲け口をふいにするとはな」

恵那山が言い放つ。

「つべこべ言ってないで、お縄になれ。と言っても聞くようなことはあるまいがな」

「当たりめえだ」

恵那山は手下をけしかけた。手下が懐に呑んでいた匕首を引き抜き、源之助を囲んだ。

すると、

「待て！」

という大きな声が聞こえた。

視線を向けると、浅草並木町の道場主笹原藤五郎だ。

「笹原殿……」

「おお、いつかの八丁堀殿だな。名前は確か……」

笹原は既に一杯飲んでいるのか、呂律が怪しい。それでも、源之助の危機を見て放っておけなくなったようで、助勢に駆け寄ってくれた。いや、源之助の危機というよりは、一人を大勢のやくざ者が襲うということに腹を立てているようだ。

酒で赤らんだ顔で、

「やくざ者が、この笹原藤五郎が相手になってやる。かかってこい」

笹原は大刀を抜き放ち、やくざ者に向かった。

「とんだ、邪魔が入ったぜ」

恵那山は手下に引き上げるよう命じた。

「待て」

笹原が恵那山を引き止めた。次いで、

「おまえ、恵那山じゃないのか」

笹原が呼び止めた。恵那山は思わず振り返り、笹原を見ていたが、

「ああ、あんたか」

と、答えたものの、すぐに手下を従えて逃げ去った。笹原は後を追おうとしたが、足がもつれて転んでしまった。

「かたじけない」

源之助は頭を下げた。

「なんの、それにしても、恵那山が貴殿の命を狙うとは、ひょっとして、小田切家の慶次郎さまと関わりがあるのか」

笹原は大刀を鞘に戻し、興味津々《しんしん》となった。

「ま、なんですな。命を助けてくださったお礼に一献《いっこん》いかがですかな」

源之助が誘うと笹原は目尻を下げた。

二

広小路に戻ったところで、目についた縄暖簾を潜る。笹原は既にかなり飲んでいた

が、酒の匂いをかぐと、顔中に笑みを広げた。

源之助が酒と肴《さかな》を頼み、入れ込みの座敷の隅に座った。

「いや、かたじけない」

「なんの、武士は相身互《あいみたが》いと申す」

笹原は笑った。

「笹原殿、ひょっとして、美濃部堂薫という医者をご存じないか」

「美濃部……」

笹原は知らないようだ。

「相変わらず、飲んでおられるのか」

「それが唯一の楽しみですからな」

笹原は酒を受け取ると手酌《てじゃく》で飲み始めた。

「ちと、恵那山のことを聞かせてくだされ」

源之助は言った。

「恵那山は、小田切家のお抱え力士だった。慶次郎さまは、不思議と恵那山とは仲が良かった。いや、仲がよかったというか、なついておった」

笹原はぐびりと酒を飲んだ。

源之助は小田切屋敷での博打のこと、いかさま博打に負けて、慶次郎の思うままにされたこと、恵那山が慶次郎の命令だと美濃部を殺すよう伝えてきたことを語った。

「ということは、慶次郎さまが美濃部という医者を始末したいのだな」

「そう考えていいでしょうな。美濃部は、恵那山を強請《ゆす》っている。ということは、慶次郎さまも大いに弱るネタなのでしょう」

源之助は言った。

「なるほど、その美濃部という医者、面白そうであるな」

「その上、美濃部は、今江戸を騒がす風車の金次郎を真似た殺しの下手人ではないかと疑われているのです」

「ほう、益々、面白そうな男ですな」

笹原はすっかり興味を抱いた。

「美濃部堂薫という男、非常に癖のある男です。患者に寄り添う慈悲深い面がある一方で、大変な癇癪持ち。そして、大の侍嫌いだそうです」

「よし、この目で見定めてやる」

笹原は膝を手で打った。

「それはかまいませぬが。病でもないのに、診療所に行くと、美濃部に短気を起こされますぞ」

源之助が危ぶむと、

「かまわんさ、今から行くぞ」

笹原は腰を上げた。

「今から……、で、ござるか」

さすがに呆気に取られた。

「当たり前だ。善は急げと申す。さあ、行きますぞ」

笹原に引っ張られるようにして源之助も立ち上がった。


源之助と笹原は美濃部の診療所にやって来た。夕暮れ近くとなっているが、診療所の格子窓から灯りが漏れている。

「ちょっと、待たれよ」

源之助は笹原を外に待たせておいて、診療所を覗いた。板敷きに患者はおらず、奥の診療部屋で美濃部が一人残って書見をしている。源之助に気付き、

「また、差し込みでもしたのかな」

と、皮肉っぽい笑みを投げてきた。

「もう一人、患者を連れてまいったのです」

源之助が言うと、

「ほう、また、差し込みか」

美濃部は肩を揺らして笑った。

「少々、肝の臓を患っておるやもしれぬのですよ。酒ばかり飲んでおりますのでな」

「ならば、酒を止めさせることだ。それが、治療。わしの診療などよりも、よほど効き目があるぞ」

美濃部は書物に視線を戻した。

「折角《せっかく》ですから、診てやってください」

と、言い置いて外に出た。笹原を手招きして診療所の中に入れた。診療部屋を目配せする。笹原は酒を飲み過ぎているにもかかわらず、しっかりとした足取りに見えたが、三歩と歩かないうちにばたばたとよろめいた。床を踏み鳴らす音がけたたましく響く。

「酔っ払いは去れ!」

診療部屋から美濃部の怒鳴り声が聞こえた。美濃部は癇癪を起こしたようだ。

「失礼申した」

源之助は笹原に変わって謝った。しかし、笹原はほろ酔い加減のまま診療部屋へと向かった。源之助も慌てて追いかける。診療部屋の入り口に至り、中を覗く。

「神聖なる診療所を酔っ払いが穢《けが》すとは何事だ！」

美濃部が憤怒《ふんぬ》の形相となっていた。

「これは、失礼した」

笹原は呂律の回らない口調で断りを入れ、かまわずに中に入った。美濃部が出て行けと怒鳴りながら立ち上がろうとした。源之助が間に入ったところで、

「おや……」

笹原は瞬きを繰り返した。次いで、どっかと座り込み、しげしげと美濃部を見上げる。美濃部は鬱陶《うっとう》しそうに手で払い除けた。笹原は座り直し、

「これは、慶次郎さま。お久しぶりでございますな」

と、声をかけた。

酔眼ながら、その顔は懐かしさに彩られていた。

「そなた……」

美濃部は笹原を見返した。

源之助は驚きの余り、しばし、口を半開きにした。

次いで、美濃部が左手に薬籠を持っていたことを思い出した。

そうだ、慶次郎は左利き、笹原が矯正しようとしたが聞き入れなかった。

「笹原でござる。剣の稽古をしました」

笹原は自分の顔を指差した。美濃部は鼻を鳴らし横を向いた。

「お忘れか」

笹原が問いかけると、

「知らん」

美濃部は短く答えた。

「そのようなことはございますまい」

「知らん。蔵間殿、この男、酒毒に脳を侵《おか》されておるのではないか」

美濃部は冷たい視線を笹原に向けた。

「笹原藤五郎、酒に酔っても酒に呑まれることはない。貴殿はまごうかたなき、小田切慶次郎さまじゃ。慶次郎さま、どうして町医者なんぞになられた」

美濃部は笹原の視線を撥《は》ね退《の》けた。

「蔵間殿、早くこの酔っ払いを連れ出せ」

美濃部は癇癪を起こした。

「そう、その顔だ。慶次郎さまは、癇癪を起こされると、決まって、眉間に皺を刻み、こめかみに青筋を立てて怒った」

「人は怒ると、大抵このような顔つきとなるものだ」

美濃部は出て行けと繰り返した。しかし、笹原は根が生えたように動かない。

「おまえたちが、出て行かないのであれば、わしが出て行く」

美濃部は立ち上がった。

「待たれよ」

笹原は立ち塞《ふさ》がる。

「うるさい」

美濃部は笹原を退けようとした。笹原は両手を広げて動かない。

「おのれ」

美濃部は手を挙げた。

「美濃部先生、御免」

源之助は背後に回ると十徳を脱がせ、更には袷《あわせ》の袖をむき、上半身をあらわにした。美濃部が振り返ろうとした。源之助は両手で肩を押さえ、美濃部の動きを封じた。蠟燭の明かりに揺らめく美濃部の背中には、火箸の跡がくっきりと残っていた。

「慶次郎さま」

源之助は手を離した。

美濃部は歯噛《はが》みして、あぐらをかいた。

「やはり、慶次郎さまではござらぬか」

笹原は陽気に声をかけた。

「だったらなんだ。昔のことだ。放っておいてくれ」

美濃部は苦々しげに唇を噛んだ。

「わしのこと、覚えておられますか」

「忘れようがない。ひどく口うるさい男であったからな。まったく、辟易《へきえき》させられたぞ」

美濃部は袷に袖を通し、十徳を重ねた。

「いや、よかった」

笹原は酔いが回り、ひたすらに喜んだ。

「うるさい奴め」

「いや、それにしても、どうして医者になどなられたのですか」

「成りたくてなったのだ。わしは、大名や旗本といった暮らしがいやになった。堅苦しく、体面ばかりを気にしておるからな。大事なのは御家。わしらは御家存続のための道具に過ぎない」

「だからと申して、医者になどならなくてもよろしいでしょう」

酔いが手伝ってか笹原の口調は粘っこくなり、執拗《しつよう》だ。

「いっそのこと、博徒になろうと思った。現に、恵那山がやくざ者になっておったのでな、それで、養子に出された山村彦次郎殿から百両くすねて屋敷を飛び出し、恵那山を頼った。浅草の辰五郎一家に転がり込んだのだ。辰五郎は大名家の若さまが博徒になることを面白がった。親分を譲ってくれ、しばらく博徒の親分をしておった。しかし、どうも、やくざ者というのは性分に合わなかった。そんな時だ」

美濃部は喧嘩をして怪我を負った。それを治療してくれたのが、並河西庵だった。

「そこで、医者という仕事に憧《あこが》れたのですな」

笹原が訊く。

「そうだ」

「人の命を救えるからですか」

「いや、そうではない。当時のおれは人助けなど眼中になかった」

美濃部はかぶりを振った。

「というと……」

「医者というのはな、威張っていられるのだ。患者からは先生と頭を下げられ、他人の機嫌を取り結ぶこともない」

「威張っていられるのなら、やくざ者の親分だってよいではありませぬか」

源之助の問いかけに、笹原もうなずく。

「最初のうちは、博徒の親分におれも満足だった。大勢の手下にかしずかれ、大名屋敷のように堅苦しくもないし、小言を言う者たちもいない。でもな、やくざ者は世の裏街道を歩むものだ。人からは尊敬されぬどころか、虫けら扱いだ。その点、医者は尊敬される。堂々と威張っていられる。しかも、堅苦しい武家なんぞとは無縁だ。それが、医師になりたくなったきっかけだ。しかし、修業を始めると、じきに自分の甘さを痛感した。痛感し、己の考えを悔い改めた」

美濃部は並河の下で医師の修業をしているうちに、医術の面白さ、病に苦しむ患者を治療することの喜びと患者へのいたわりの心を持つようになったという。

「もっとも、我儘《わがまま》一杯に育ったわしのことだ。時折、我慢がならず癇癪を起こしてしまうのだがな」

美濃部は自嘲気味な笑いを浮かべた。

「慶次郎さまらしいですな。三つ子の魂《たましい》百までも、ですか。姿形は変われど、やんちゃなお人柄は少しも変わっておられぬ」

笹原はうなずく。

「では、今の慶次郎さまは一体、何者なのですか」

源之助の問いかけに、

「草加の辰五郎だ」

美濃部はしっかりと答えた。

「辰五郎……」

源之助は息を呑んだ。

三

「草加の辰五郎だ。辰五郎は、幸か不幸かわしに姿形が似ておった。それを幸いに、わしは身代わりになってもらおうと思った」

美濃部は言った。

「身代わり……。身代わりになって、小田切家に戻そうと思ったのですか。しかし、身代わりといっても、辰五郎一家に身を寄せた時はお兄上さまの慶太郎さまはご健在でいらした。慶次郎さまがお世継ぎになるなどという話はなかったのでしょう」

「そうだ」

「それで、身代わりとはどういうことですか」

「まあ、いいではないか」

美濃部は曖昧に言葉を濁した。

何かありそうだ。

美濃部は、辰五郎が美濃部の身代わりとなったことを脅し材料にしている。辰五郎は思わぬ形で十万石の大名となれる幸運を摑んだ。辰五郎にとって、美濃部は邪魔な存在に違いない。

そして、乳母であった米問屋美濃屋の女房お久美も。

しかし、話の輪郭はまだぼやけたままだ。

「風車の金次郎を真似たお勝とお民殺しに美濃部先生は関わりがあるのですか」

「関係などしておるわけがなかろう。おれは医者だ。人の命を奪うはずはない」

美濃部は毅然《きぜん》と答えた。

「乳母であったお久美を覚えておられますか」

「もちろんだ。お久美は腕白なわしのことを叱るばかりではなかった。時に諭《さと》してくれたが、いつもにこにこと微笑《ほほえ》んでくれていた。お久美ばかりは、わしの味方であったな。が、お久美がどうした」

「首を吊って死にました。今月二日のことです」

「なんだと……。どうして首なんぞを……。小田切屋敷を宿下がりして美濃屋の女房になったと聞いたが、店がうまく立ち行かなくなったのか」

「いいえ、商いは順調です。お久美は患ってもおらず、近々予定されておった慶次郎さまとの再会を楽しみにしておったとか」

「では、お久美は辰五郎に口封じされたのか」

「わたしはそう考えます」

「おのれ、辰五郎め」

美濃部は辰五郎への怒りを露《あらわ》にした。

すると引き戸が乱暴に開かれた。

「邪魔しますよ」

恵那山が手下を連れてどやどやと入って来た。

「なんだ、おまえら」

笹原が診療部屋から飛び出して怒鳴った。

源之助と美濃部も診療部屋を出た。

「お揃いですな」

恵那山はのっしのっしと歩いて来た。

「ここは、神聖なる診療所だ。おまえたちのようなやくざ者が来ては穢れる。出て行け」

「あなたさまだって、やくざ者をやっていたじゃござんせんか」

「あれは方便《ほうべん》だ」

美濃部は言い放った。

「さすがは、賢いお方は違いますね。わかりました。帰りますよ。だがね、このままですむとは思わないでくださいよ」

「どういう意味だ」

「ま、すぐにわかりますよ」

恵那山は捨て台詞《せりふ》を吐くと手下たちを引き連れて出て行った。

「待て」

笹原が追いかけようとしたが、足がもつれてしまい板敷きを転げた。

「くだらぬ奴らだ」

美濃部は渋面《じゅうめん》を作った。

「しかし、これから何かを仕掛けてきますぞ」

源之助が危ぶむ。

「手出しはできぬ」

美濃部は強気の姿勢を崩さない。ふと源之助が、

「お松殿はいかがされた」

「湯屋に行っておるが」

美濃部も不安が過《よ》ぎったようだ。

「まさか」

源之助も危ぶんだ。

美濃部は無言で診療所から表に出た。源之助と笹原も続く。

「湯屋に行かれてどれくらいが経つのですか」

「かれこれ、半時が経つ」

「長いですね」

源之助が言うまでもなく美濃部にも危機感が押し寄せてきたようだ。

「手分けして探しましょうか」

源之助が言うと、

「いや、かまわぬ」

美濃部は表に出た。源之助と笹原も美濃部が最早正気の沙汰ではないことに気付いている。お松が恵那山たちに危害を加えられていることに疑う余地はない。

だが、美濃部がそれを口に出さないのは、お松の危機を現実として受け入れられないからだろう。


その半時ほど前、依然として源太郎と京次は殺しの探索に行き詰まっていた。神田界隈を聞き込みに回り、柳森稲荷の境内で思案をしている。

「やはり、美濃部で決まりなんじゃないですかね」

京次が言う。

「だとしても、証がな」

源太郎はため息を吐いた。

「それなんですよね」

京次はまさしく頭を抱えた。源太郎も頭を抱えたくなったが、八丁堀同心と岡っ引が神社の境内で面を突き合わして悩んでいる図は、決してみっともいいものではない。

そうは思いつつも、どちらからともなくため息を漏らしてしまった。

「美濃部、また、殺しに動きだすかもしれませんが、まさか、蔵間さまも美濃部の身辺を探っておられるとは」

「影御用か」

源太郎は苦笑を漏らした。

「いっそのこと、蔵間さまにお任せしたら」

「そんなことはできん」

源太郎はむきになった。

「そりゃ、そうですね」

京次は首をすくめた。

「それにしても、父の影御用、一体どうなっておるのだろうな」

「さて、蔵間さまのことですからね、きっとうまく事を運んでいらっしゃるでしょうがね」

「父のことよりこっちの探索だな」

「浅草の恵那山をもう少し、探ってみますか」

京次が言ったところで、

「殺しだ」

柳原土手の上から叫び声が上がった。

「まさか、風車の金次郎を真似た殺しですかね」

京次が危ぶんだところで、二人は柳森稲荷を飛び出すと、土手を駆け上がった。


亡骸は神田川に浮かんでいた。

女ではなく。男だ。喉に風車も刺さっていない。しかし、だからといってよかったとは言えない。土手に引き上げ検死を行う。

男は十箇所に及ぶ刺し傷があった。

「右手の手首から先がねえですよ。切られていますぜ。これも何かのまじないですかね」

土手に横たえられた男の亡骸《なきがら》を見下ろしながら京次が言った。

「殺してから手首を切り取ったのだろうかな」

源太郎も屈んで傷口を調べた。

「いや、もっと、前の傷のような気がする」

亡骸は背中に彫り物を施していた。

「やくざ者のようですね」

「そうだな」

「ということは、これはやくざ者同士のいざこざかもしれませんぜ」

京次は言いながらもう一度、亡骸の顔をしげしげと見下ろした。

「どうした」

「いや、こいつ、何処かで見たことがあるんですよ」

京次は思案した。

源太郎は京次が思い出すまでじっくりと構えて待つことにした。やがて、京次は思い出したようで源太郎に向き直った。

「思い出しました。美濃部の診療所に通っていた奴です。包帯を巻いて、手首から先がなかったですぜ」

「美濃部がらみか。これは、偶然だろうかな」

源太郎は判断に困った。

「どうなんでしょうね」

京次も頭を捻る。

「なんでもかんでも美濃部と結び付けるのは危険だが、これは何か関係があると思っていいのではないか」

「あっしもそう思いますよ。それに、ひょっとして、蔵間さまがこの男のことをご存じかもしれませんぜ」

京次が視線を凝らした。

源太郎は唇を噛んだ。

これがお勝とお民殺しの探索の糸口となるのであろうか。やはり美濃部を下手人と決め付けるのは、間違っていたのか。

木枯らしが身に沁みる。

「では、美濃部のところに行くか。美濃部ならば、この男の素性がわかろうというものだ」

「そうですね」

二人は気を取り直して美濃部の診療所へと向かうことにした。それにしても、日々、寒さが募る。二人の交わす言葉は白い息となって風に流れて行った。今年のうちに事件の落着を図りたい。

「さて、行くぞ」

源太郎は走りだした。

四

源之助と笹原、美濃部が表に出た。すると、

「父上……」

源太郎と京次が立っている。

「どうしたのだ」

と、反射的に問いかけてから、源太郎と京次は美濃部の身辺を調べていたのだから、いるのは当然でむしろ、「どうしたのだ」と問われるのは自分の方だと思い直した。

源太郎が、

「美濃部先生、先生の患者で手首のない……」

と、尋ねようとしたが美濃部は顔をしかめ、

「うるさい！」

と、源太郎と京次を邪険《じゃけん》に退かせて急ぎ足で歩きだした。源太郎は呆気に取られたが、

「先生、待ってください」

「話は後だ。先生の奥さまが行方知れずだ。探すぞ」

源之助に言われ、源太郎と京次も後を追った。方々手分けして探そうとしたところで、

「殺しだ！」

「風車の金次郎がまた出たぞ」

という声が聞こえてきた。京次が声の方に向かう。美濃部も立ち止まった。すぐに京次が戻って来て、

「逢引稲荷ですよ」

と、お勝の亡骸が発見された稲荷だという。それを耳にした美濃部が飛び出した。源之助たちも追う。行くまでに、笹原が自己紹介をした。

夕闇に包まれた境内にはお松の亡骸が横たわっていた。京次が野次馬を押し退ける。美濃部が亡骸に駆け寄った。お松の喉には風車が突き立ててあった。

「首を絞められておりますな」

源之助も身を屈め、亡骸を確かめる。

「おのれ」

美濃部は両目を吊り上げ、凍った地べたを拳《こぶし》で何度も叩いた。

「先生、落ち着きなされ」

源之助が言うと、

「こんな時に落ち着いていられるものか！　この馬鹿役人めが」

美濃部は癇癪を起こした。源太郎と京次は気圧され足を地べたに貼りつかせた。

「恵那山の仕業に決まっているだろう」

「ですが、証がありません」

源之助は諭すように返す。

「そんなものは必要ない。すぐに、恵那山をお縄にしろ。おまえら、町方の役人だろう。さっさと恵那山をお縄にするのだ。お縄にしてから白状させればよかろう」

美濃部はいきり立っていた。その怒りようは、これまで以上の凄まじさで、源太郎と京次はなだめることもできずおろおろとした。

「もたもたするな」

美濃部は怒鳴りつけた。

「まあ、落ち着いてください、先生」

源太郎は必死でなだめる。

「おまえたちの怠慢だ。よし、わしが行く」

美濃部は言った。

「先生、そりゃ、無茶ですぜ」

京次が源太郎に賛同を求め、みなを見回す。

「慶次郎さま、小田切家を出てから剣の修業はなさったのですか」

笹原までが心配顔となった。笹原の美濃部への問いかけに、

「美濃部先生が慶次郎さまとは……。慶次郎さまとはどなたさまですか」

源太郎が京次と顔を見合わせた。美濃部はそれに答えることはなく、

「笹原先生、そうだ。あんたも、一緒に行ってくれ。それと、蔵間」

「はあ……」

源太郎が返事をすると、

「おまえではない。親父の方だ」

美濃部は苛立ちを示した。

「まあ、待ってください」

源之助が返す。

「待てるか」

「場合によっては、恵那山のところへ行ってもかまいませぬ。但し、本当のことを教えてください」

源之助は強い眼差しを送った。

「それは……」

美濃部は癇癪を収め、落ち着きを取り戻した。

「美濃部先生、いや、慶次郎さま。本当のお話をお聞かせください。それに、お松さまをこのままにしておいてよろしいのですか」

源之助がお松の亡骸に視線を向けると、

「まずはお松を家に帰らせてやろう」

「それがよろしいと存じます」

源之助が答えると、源太郎も京次もうなずいた。美濃部はお松の亡骸の脇に屈み両手を合わせる。源之助たちも静かにお松の冥福を祈った。

お松の亡骸を引き取り、診療所へと戻った。

お松の亡骸は診療部屋に横たえられ、線香が灯された。

美濃部はみなに向き直った。

「では、話そう」

美濃部は落ち着いて切り出した。

「わしは、十一年前、小田切家から追い出された」

と、言ってから、

「分家である旗本山村彦次郎殿に、養子に出されたというのはあくまで名目上のことだ。少なくとも、わしは追い出されたものと受け止めた。わしは、養子先では決して幸福ではなかった」

養子入りした明くる年、山村家に男子が生まれると、慶次郎は邪険《じゃけん》にされた。

「わしは、悔しかった」

美濃部は腹立ち紛れに、百両を奪い、山村家を出た。

「頼ったのは、恵那山だ。恵那山は浅草の博徒、草加の辰五郎の下で代貸《だいが》しを務めていた。博打好きと腕っ節を買われてな。わしは、客分扱いになった。毛並みのよさと、気性の荒さを買われ親分に担がれた。名ばかりの親分だ。元大名の若君の看板を辰五郎が気に入ったのだ」

しかし、美濃部の心は晴れなかった。

「そんなある日だった。わしは、町場の縄暖簾で酔っぱらい、喧嘩騒ぎを起こした。散々に暴れ、手傷を負った」

傷の治療は往診に出ていた並河西庵がしてくれた。

「この世に定めというものがあるのだとしたら、あの時だ。西庵先生は一時だが小田切家にも出入りしておられた。大変に優秀な医師でな、小田切家では典医になってくれと頼んだのだが、大名家に仕えるのは好かぬと引き受けてはくれなかった。わしは、そんな西庵先生が好きだった。兄に火傷を負わされた時に治療に当たってくれたのも西庵先生だった」

美濃部は西庵との再会を神仏が与えてくれた定めと感じた。並河に弟子入りをして医者修業をした。初めのうちこそ馴染《なじ》めなかったが、医者修業が実り、開業する運びとなった。

お松とは長崎で出会い、恋仲になって妻とした。

「今年の春に神田で開業した。長崎で診療の手伝いをして蓄えた金が多少あったのと、足りない分はお松の実家が用立ててくれた。お松の実家は長崎の廻船問屋《かいせんどんや》を営んでいた。裕福な家だ。神田での診療は順調だった。しばらくは、平穏な暮らしが続いた」

そんなある日のことだった。

「風の噂にわしが神田で診療所を開業したことを聞きつけたのだろう。辰五郎が訪ねて来た」

辰五郎は大掛かりな賭場、しかも、町方の手の入らない賭場を開帳したい、それには大名屋敷がもってこいだと言い、

「小田切家で開帳できないかと持ちかけてきたのだ」

「それをお引き受けになられたのですか」

つい、源之助は詰問口調になってしまった。

「そうだ」

「どうしてですか。小田切さまとは、縁を切られたのでしょう」

「仕返しだ」

美濃部はぽつりと言った。

「仕返しとおっしゃいますと」

「決まっておろう。小田切家で賭場を開かせて、譜代名門の家柄を汚したかったのだ」

美濃部が小田切屋敷に紹介した。

「兄上に書状をしたため、賭場の開帳を持ちかけた。兄上はおれに対する負い目があ

ったのと、父上の老中職就任、兄上自身の寺社奉行昇進で金が必要であった」

そんな小田切家にとって賭場での上がりはまさしく渡りに船であったという。

こうして、辰五郎一家との繫がりができた。

「賭場の開帳に伴い、一つ、悪戯《いたずら》をしてやろうと思った」

美濃部は辰五郎を慶次郎に仕立ててやろうと思ったそうだ。

「辰五郎はわしと姿形が似ておった。それで、わしが、母上から手渡された武並神社のお守りと、かつて小田切家お抱えの力士であった恵那山の証言により、辰五郎こそが慶次郎であると信じ込ませることができた。公用方の大浦喜八郎が応対に出てきたそうじゃ」

大浦は武並神社のお守りと恵那山の証言を覆《くつがえ》すことはできず、辰五郎を慶次郎として遇したそうだ。

「あくまで遊びであった。からかってやろうと思った。おまえたちが家を追い出した、慶次郎はやくざ者になっていた。いかにも痛快であろう。こんな痛快なことはないぞ」

美濃部はいかにも楽しそうに笑い声を上げた。源之助たちもみな、暗澹《あんたん》たる顔となった。悪戯好きの御曹司《おんぞうし》が悪戯で自分を追い出した小田切家に仕返しをしたということらしい。

「痛快だった。当時のわしを見知った者は、藩邸にはおらなんだからな。江戸家老をはじめ、重役どもは交代したり、国許に帰ったりしておったからな。うまく騙しおおせた。ま、一度きり騙してやればいいと思ったのだ。遊びだからな」

「ですが、お兄上さまがおられましょう」

「兄が賭場なんぞに顔を出すはずはなかろう。なにしろ、兄上は体面ばかりを気にする臆病者だからな。兄上ばかりか、賭場に顔を出す家来なんぞおらん。顔を出すのは、中間《ちゅうげん》どもばかりだ。中間どもが本物の慶次郎の顔を知るわけがない」

美濃部は言った。

小田切家の賭場での上がりは小田切家の台所を潤わせた。なにしろ、通う客は分限者ばかり。

「一日の上がりは、多くて千両にもなったそうだ。そのうちの半分も、小田切家はむしり取った。体面は取り繕うくせに、欲だけはやくざ者以上だ。浅ましいものよ」

賭場は月に十日ほどが開帳され、小田切家には三千両をもたらしたという。

「だから、小田切家も目を瞑《つぶ》るはずだ。慶次郎が博打打ちになっていようが、そんなことはどうでもいいくらいの稼ぎがもたらされるのだからな」

「だから、辰五郎一家は浅草で博打を開帳しなくとも、やけに潤っていたわけですな」

源之助の問いかけに、

「そういうことだ。譜代名門などと、ご大層なことを申しておるが、一皮むけば、欲の塊《かたまり》だ。世の中、金だ。おれは、そんな風潮と風潮に溺《おぼ》れる小田切家を嘲笑《あざわら》ってやったのだ」

美濃部の顔がどす黒く歪んだ。

源太郎も京次も言葉を発することができない。

五

「ところがだ。思いもかけないことが起きた。それが……」

「慶太郎さまのご逝去《せいきょ》ですか」

源之助の問いかけに、美濃部はうなずく。

「兄上の死がよほどの衝撃であったのだろう。病の床に臥せっておられた父上がわしの行方を探し始めた」

「その時、小田切家に戻ろうとはなさらなかったのですか」

「思わなかった。わしを追い出した小田切家になんぞ、戻りたくもない。それに、わしはそんなことが起きていることすら知らなかった」

そうであろう。美濃部堂薫として、町医者の暮らしをしているのだ。小田切家でそんな騒動が起きていようなどとは思ってもいないだろう。小田切家としても、表沙汰にはできないことだ。

「ならば、どうしてその騒動をお耳になさったのですか」

源太郎の問いかけには、

「決まっておろう。辰五郎から聞いたのでしょう」

源之助が答えて慶次郎を見た。慶次郎は鼻で笑うと、

「夏のある日、辰五郎と恵那山が訪ねて来た」

辰五郎の口から、兄慶太郎の死を知り、小田切家では慶次郎を迎えたい考えであることを話した。

「それで、辰五郎はわしに小田切家に戻ってはどうですかと言ってきた。わしは、断った」

辰五郎は十万石の殿さまの地位をふいになさるのかと美濃部に言ったそうだ。

「わしは興味がないと断った。辰五郎も諦めて帰って行った」

ところが、しばらくして、

「小田切家に慶次郎が帰ったというではないか。わしは、すぐに辰五郎の仕業だと思った」

辰五郎は慶次郎が小田切家に帰らないのをいいことに、慶次郎に成りすましたまま、慶次郎として小田切家に入り込んでしまった。

「わしは、辰五郎を呼び出した」

「ここへですか」

源之助が聞く。

「いや、ここではない。お松や患者たちには聞かせられなかったからな」

美濃部は逢引稲荷で辰五郎と恵那山の二人と待ち合わせて会ったのだそうだ。

「わしは、辰五郎に手を引けと迫った。すると、辰五郎はこのまま小田切家の殿さまになれるんだったら、代わりに毎月千両をわしに寄越すと言ってきた」

しかし、美濃部は承知しなかった。

「金なんぞ欲しくはない。だから、辰五郎にいい加減にしろと小田切家から去ることを強く求めた」

ところが辰五郎は承知しなかった。

するとa、

「そこで、とんでもないことが起きてしまった」

「お勝殺しですか」

源之助の問いかけに、

「そうだ」

「下手人は誰なんですか。お松ということですか」

美濃部は首を横に振った。

七日の晩、稲荷にお勝とお松がやって来たのだそうだ。

「お勝は、お松にけんか腰であった」

お勝は相当に気が高ぶっていた。夫婦約束をしていた矢五郎が、自分よりもお松のことを好きになってしまった。お勝はお松を責めるつもりだったようだ。そのためにお勝はお松を稲荷に呼び出した。お松にしてみれば、迷惑な話である。好きでもない男、しかも人妻の身で言い寄られているのだ。

お松は自分が矢五郎をたらしこんだのではないということをはっきりさせようと思い、お勝の誘いに応じたのだった。

何分、夜更けである。お勝を探しに奉公人たちがやって来た。お勝は逢引稲荷という名称の由来である鬱蒼とした林の中にお松を引き込んで身を潜めた。奉公人たちをやり過ごしてから、お松をなじり始めた。

お松は自分の潔白を言いたて、矢五郎からもらった真っ赤な風車をお勝に差し出した。矢五郎から受け取った風車などいらないと言い添えたという。

その言葉と、夜風にくるくると回る風車の赤がお勝のお松への殺意に火をつけたのだろうと、美濃部は思ったそうだ。

お勝は包丁でお松に襲い掛かった。包丁を持参してきたのは、お松を脅すつもりだったのか、殺すつもりだったからかはわからない。

「わからないが、風車の赤がお勝をして殺しに走らせたように思えてならない」

美濃部の心に真っ赤な風車が強く残ったそうだ。

「お勝を止めようとはなさらなかったのですか」

源之助が問うと、

「むろん止めようとした。が、迂闊《うかつ》にも真っ赤な風車に気を取られている間に恵那山が飛び出して行った」

恵那山がお勝を捕まえ、首を絞めて殺してしまった。お松は呆然と立ち尽くした。

美濃部は動揺するお松を慰めているうちにも風車が気になった。

「どうしてあんなことをしたのか……。今でもよくわからんが、わしは、風車をお勝の首に刺した。風車の金次郎のことが思い出されたのかもしれない」

刺してから、お勝殺しの探索を攪乱《かくらん》させることになるかもしれないと思ったそうだ。

「恵那山はうれしそうな顔で、これで若さまも殺しに関わったことになると言いおった」

恵那山は町方の探索がお松さまや若さまに及ばないようにすると恩着せがましく言い、挙句《あげく》に辰五郎が小田切家を相続することを承知させた。

「正直なところ、小田切家のことはどうでもよくなった。お松への心配で頭が一杯になった。迷惑に思っていた色恋沙汰のもつれで、お勝に殺されそうになった上に、目の前でお勝が殺されてしまった。お松が受けた心の傷は相当に深手だからな」

美濃部の目に薄っすらと涙が滲んだ。誰も話しかけられない。やがて美濃部は十徳の袖で涙を拭い、

「悪いことが続いた。お松とお勝の争い、そして、恵那山がお勝を殺し、わしが風車を喉に刺すところを夜鷹に見られてしまっていたのだ」

夜鷹は明くる日、往診の途中に美濃部の前に現れ、目撃したことを語った。

「百両を要求しよった」

美濃部は応じたという。

ところが、美濃部を尾行していた恵那山の手下が聞きつけた。

「恵那山は百両は自分が用立てると言いおった。わしは承知した。このままでは、お松に疑いがかかるかもしれない。実際、この馬鹿同心はお松を下手人だと疑いおった」

美濃部に睨まれ、

「あれはその」

源太郎はしどろもどろとなり、

「何があれだ。疑っておったではないか」

「申し訳ございません」

源太郎が頭を下げると、京次も神妙な顔で背筋を伸ばし、低頭した。

「もうよい」

美濃部は手を振り、恵那山は夜鷹のお民に百両やるどころか殺してしまった。喉に真っ赤な風車を突き刺し、風車の金次郎を真似た殺しだと探索を混乱させた。

「では、お松さまを手籠めにしたやくざ者とは辰五郎一家でございますか」

源太郎の問いかけに美濃部は静かに首を横に振り、

「手籠めになどされておらぬ」

「そうですよね。辰五郎一家が、先生の奥さまに手出しなどするはずありません。では……」

「お松は目の前でお勝が殺され、激しく動揺した。わしが心配した通り、心に深い傷を負い、意気消沈した日を過ごすようになった」

傷心のお松を見て、誰言うともなく、やくざ者に手籠めにされたのだという噂が立った。

「わしは、その噂が流れるに任せた。お松の傷心の原因が知られれば、お勝殺しの真相が明らかになる。わしの素性も知れる。しかし、そのことがお松を苦しめることになったのだ」

美濃部は肩を落とした。

しばし沈黙が続いたあとに、

「それで、これからどうするつもりですかな」

笹原が訊いた。

「決まっておろう。辰五郎のところに行く」

「辰五郎をどうするのですか。辰五郎は小田切藩邸の奥深く、無事でありますぞ」

　笹原の問いかけを引き取り、

「訴えればよろしいではありませんか」

　源太郎が言った。

「何処へじゃ」

　美濃部が問い返す。

「決まっております。評定所《ひょうじょうしょ》です」

　源太郎は言った。

「そんなことしても無駄だ。小田切家は御家が大事、辰五郎をあくまで慶次郎だとして通す。評定所とて譜代名門をおいそれと取り潰すようなことはすまい。事を穏便《おんびん》にすますはず。訴えなどないに等しい」

「しかし、偽者の慶次郎さま、しかも、やくざ者が小田切家の藩主となることなど、重役方は絶対に承知しないのではございませんか」

「さてそれはどうであろうな」

　美濃部は醒めた口調となった。

「どういうことでございますか」

「大名家にとって大事なことは、御家だ。御家存続のためにはなんでもする。小田切家とて例外ではない。いいか、当面の危機は辰五郎を慶次郎として通して、小田切家を継がせ、父上が死んだところで、辰五郎を毒殺して、世継ぎに養子を迎える。しかるべき御家からな。結局は辰五郎も使い捨てにされるだけだ。そのことを辰五郎はわかってない」

美濃部の言うことは、説得力がある。

笹原が、これだから大名家の剣術指南役などこりごりだと言った。

「笹原が嘆いても仕方がない」

美濃部は冷笑を浮かべた。

「この上は、美濃部先生が自分こそが本物の慶次郎であることを証明し、辰五郎たちを成敗《せいばい》なさってはいかがですか」

源太郎は断固とした物言いで主張した。

「だから申したであろう。無駄なことだ」

美濃部の意思は強そうだ。

源之助のいかつい顔が際立った。

「勝負をかけましょうぞ。辰五郎と恵那山を一気に成敗するのです」

美濃部は薄笑いを浮かべ、

「蔵間、何か策でもあるのか」

「策というよりはやるしかありませぬ。小田切屋敷に乗り込むのです」

「やみくもに乗り込むと申すか」

美濃部の口調には不快感が滲んでいる。

「美濃部先生に、小田切讃岐守さまを見舞っていただきます」

「町医者が譜代名門大名の見舞いなどできるものか」

美濃部は鼻で笑い飛ばした。

「並河先生のお力を借りるのです」

「先生の……」

美濃部は口をへの字にし、躊躇《ためら》いを示した。恩師を巻き込むことを申し訳ないと感じているのだろう。

「並河先生へのお願いは拙者にお任せください。躊躇している場合ではございません。奥さまは殺され、あなたさまのお命も脅かされ、小田切家はやくざ者に乗っ取られようとしておるのです。戦うしかないのです。辰五郎たちを打ち負かすしか、生き残る道はございませんぞ。あなたさまは小田切家に帰る気はなく、小田切家などどうなってもいいとお思いなのかもしれません。ですが、医師美濃部堂薫が死ねば、大勢の患者が困るのです。医師の使命は人の命を救うこと、並河先生もよもやあなたさまを助けることをお断りになりますまい」

源之助の言葉を尽くした説得を美濃部は目を瞑り思案し始めた。しばし、沈黙が続いた。火鉢の鉄瓶が滾る音が空気の重さを感じさせた。

美濃部の両目が開いた。

「よかろう」

美濃部は揺らぎない決意を示した。

「やりましょう」

源太郎も勇み立った。それを源之助が、

「すまぬが、おまえは遠慮せよ。町方の御用ではない。大名屋敷に乗り込んで一暴れするなど、おまえや京次にはさせられん」

「ですが……」

「ならん」

源之助がぴしゃりと言うと源太郎は半身を乗り出し、抗議の姿勢を示したが、京次に袖を引かれ、

「お任せ致します」

と、膝に両手を置いて頭を下げた。

第六章　決着の屋敷

一

その晩、源之助たちは恵那山たちの襲撃に備えることとなった。といっても、やくざ者が診療所を襲うことなどはないだろう。この診療所にいる限り安全だとは思う。それに、お松の通夜も行わねばならない。ともかく、今夜は診療所に留まった。

明くる十四日の払暁《ふつぎょう》、喪中《もちゅう》の札を雨戸に貼り、美濃部は診療所を閉じた。源之助と美濃部は、並河西庵の診療所へと向かった。まだ夜が明けきらぬ江戸の町は薄闇に覆われている。地平の彼方《かなた》は朝焼けに赤らんでいるが、中天《ちゅうてん》は濃い紫が乳白色に染められてゆく。

往来には霜が下り、歩くたびにきゅっと鳴った。会話を交わさずとも二人の吐く息は白く、鼻から出す息ですらも白く流れた。

柳原通りを進む。建ち並ぶ古着屋は菰《こも》が掛かり、土手の上に夜鷹の姿はない。それでも、江戸の朝は早い。ちらほらと棒手振りが魚河岸へ仕入れに向かっている。

源之助も美濃部も無言のまま歩き続け、やがて右手に関東郡代《かんとうぐんだい》代官屋敷を見ると左に折れた。浅草御門を入り神田川に架かる浅草橋に至る。川面に広がる靄《もや》がゆっくりと晴れていく。所々、薄っすらと氷が張っていた。浅草橋を渡り御蔵前《おくらまえ》通り。この先に幕府の米蔵が連なることから、札差《ふださし》が建ち並ぶ。まだ雨戸が閉じられ人通りはないが襲われることはあるまい。

とはいえ、油断はできないと警戒を怠《おこた》ることなく、どちらからともなく急ぎ足となった。

並河の屋敷にやって来た。

門前に患者の姿はないが、数人の門人たちが竹箒《たけぼうき》で掃除をしていた。美濃部が近づくと、弟子の一人が美濃部を見知っていた。美濃部に向かって

「これは美濃部先生、しばらくです」

と、朝の挨拶と共に丁寧に頭を下げた。

「大先生にお会いしたいのだが、まだ、早いな。何処かで休ませてもらおうか」

「大先生は既にご起床され、書斎にて書見をなさっておられます」

弟子は美濃部がやって来たことを報せに母屋へと入って行った。弾むような足取りであることが、美濃部が弟子たちに慕われていたことを想像させる。

「並河先生は相変わらず朝が早いな」

美濃部は言いながら母屋へと入った。源之助も続く。


書斎で源之助と美濃部は並河に会った。並河は懐かしげに美濃部と挨拶を交わしてから、源之助のことが気になるらしく視線を源之助に向けてきた。源之助は素性を名乗ってから、

「先日、お邪魔をしました北町の蔵間源太郎はわたしの倅です」

「貴殿も、美濃部がまこと医術を学んだかどうかを確かめにまいられたのかな」

並河は目をしばたたいた。

「違います」

美濃部が答え、辰五郎たちに命を狙われ、妻のお松が既に殺されたことをかいつま

んで話した。並河の表情が険しくなり、背筋がぴんと伸びた。次いで、

「慶次郎さま、奥さまのことご愁傷《しゅうしょう》さまでございました」

と、深々と頭を下げた。

「お松のことは、わたしの責任です」

美濃部はさすがに口調が湿っている。並河も慰めの言葉すらなく口を閉ざした。源之助が、

「この上は慶次郎さまのお命すらも危うくなっております。辰五郎たちは奥さまの次は美濃部さまのお命を狙います」

「辰五郎は慶次郎さまに成りすまして小田切家を乗っ取るつもりということじゃな。ならば、慶次郎さまが小田切家に出向き名乗り出ればよろしかろう」

並河は美濃部を見た。

「それでは、辰五郎によって慶次郎さまは抹殺されてしまうでしょう」

源之助が反論すると、

「ならば、小田切家はどうなるのだ。やくざ者が恵那藩十万石の主となるのか。前代未聞の醜聞ではないか。許されるはずはない」

並河は激した。根は熱血漢なのかもしれない。その点は美濃部と同じで、美濃部を

医師として仕込んだのはそうした性格上も気が合ったことが大きいのかもしれない。

「それでは、御家騒動になります」

源之助がまたも異を唱えると、

「御家騒動になろうが、やくざ者が小田切家を継ぐべきではない。小田切家の重役方とて承知すまい」

並河は気が高ぶっているようで、声が大きくなっている。

「いや、違うな」

美濃部が並河にも負けない強い口調で否定した。啞然とする並河に向かって、

「小田切家の重役たちにとって、大事なのは御家の存続。家督を継ぐのは誰だってよい。たとえ、辰五郎が偽者の慶次郎だとしても、それを承知で家督相続をすませる。家督相続すなわち、公方《くぼう》さまへ拝謁《はいえつ》し、本領安堵を約される儀式がすめば、辰五郎はお払い箱だ。毒殺し、しかるべき御家から養子を迎え、継がせるだろう。今は、辰五郎を慶次郎とする利用価値と賭場から上がる寺銭があるから生かしておるのだ」

「慶次郎さまが辰五郎の手にかかったとしても、小田切家は知らぬ顔ということか」

「父上は重い病に臥し、母上は政《まつりごと》には口を挟むことはない。重役どもの思いのままだ」

美濃部は達観していた。

「ならば、これからどうされる。せっかく、医者として歩み出されたからには、わしとしては医術を極めて欲しい。そうじゃ、江戸を出てはどうか。上方、あるいは陸奥《むっ》にて開業してはどうか。いずれにもわが門人はおる。長崎でもう一度医術を学び直すのもよい」

並河は強く勧めた。美濃部は師に向かって深々と頭を下げ、

「先生のご親切、胸に刻みましてございます。ですが、それは謹《つつし》んでお断り申し上げます」

すると並河は首を二度、三度横に振り、

「遠慮しておる場合ではない。医術は江戸だけで役立つものではない。医術が必要な患者は日本全国津々浦々におる」

「遠慮ではないのです。わたしは逃げてはいられないと思い直したのです」

「思い直した……」

並河は戸惑い、源之助に向いた。美濃部は続ける。

「わたしは、小田切家に反発し、御家を出た。大名屋敷の堅苦しい暮らしぶり、できのいい兄への反発、いわば、反抗することが生き甲斐でした。今にして想えば、いき

がっておっただけだ。挙句に、小田切家へ意趣返《いしゅがえ》しをしてやろうと、面白半分に辰五郎をわしに仕立て、小田切家に送り込んだ。そのことが、今回の災いをもたらした。お松を亡くし、自分の命すらも脅かされ、こうして師にも迷惑をかけている。わしの我儘が招いた結果だ。お松ばかりではない。お勝やお民が殺されることもなかったのかもしれませぬ」

美濃部は今、はっきりと目が覚めたという。

「わしのこれまでの暮らしは、逃げであった。わしは、自分の定めを受け入れようとせず、全ては周囲が悪いと、身勝手に責任逃れを続けておっただけだ。医師になれば、威張り散らすことができるなんて、そんな馬鹿なことを考えすらした。だから、もう逃げぬ。逃げずに立ち向かうぞ」

美濃部は明らかに変わっていた。威張っているようでそうではない。怒りをたぎらせているが、癇癪を起こしているのではない。全身から闘志が溢れ返っていた。

「では、いかにする。ただ、小田切家に乗り込んでも犬死にをするばかりだろう」

並河は落ち着きを取り戻している。

美濃部は源之助を見た。

「小田切さまの御屋敷に乗り込みましょう。但し、工夫をした上ででございます」

源之助は言った。

「ほう、どのような」

並河の関心も引いたようだ。

「それには、並河先生のお手助けが是非とも必要なのです」

源之助は強い眼差しを送った。

「手助けするのはやぶさかではないが、医術以外にわしのできることなどないぞ」

「むろん、並河先生には医術を以《もっ》って手助けをしていただきます」

源之助の答えに並河が首を傾げたところで、母屋の玄関が慌《あわただ》しくなった。

「来たようです」

源之助は言った。すると、閉じられた襖越しに弟子が来客を告げた。

「小田切家公用方大浦喜八郎さまと申されております」

並河は戸惑ったが、源之助に促され、

「お通しせよ」

と、告げた。

すぐに廊下を踏みしめる足音が近づいてきた。襖が開き、大浦が入って来た。源之助に気付き軽く一礼し、並河に向かって深々と頭を下げる。並河は軽く咳払いをして

から美濃部に視線を預けた。大浦は美濃部に向き直り、

「あなたさまが、まことの慶次郎さまにございますか」

「いかにも、わしは小田切慶次郎。今は、医師の美濃部堂薫である」

美濃部は十万石のお世継ぎにふさわしい威厳を備えていた。

「公用方の大浦喜八郎にございます」

大浦は両手をついた。並河が源之助にどうしてここに大浦がやって来たのか耳元で問うた。

「源太郎に依頼しました」

源之助は源太郎に事情をしたためた書状を預け、恵那藩邸の大浦を訪ねさせ、直ちに並河の屋敷に来るよう頼んだのだった。

二

大浦は感激の面持ちで美濃部と会えた喜びを並べ立てた。ひとしきり語り終えてから、

「では、やはり、今の慶次郎さまは真っ赤な偽物ということですな」

源之助がはっきりとそうだと答えた。

「すると、このままでは小田切家はやくざ者をお世継ぎとして迎え、御家を相続させてしまうということですか」

「このままではな」

美濃部がうなずく。

「断じて許してはなりませぬ」

大浦は激しく憤った。

「大浦、口ではそう言いながら、御家大事を想って、事を穏便にすませんがために、臭い物には蓋をするがごとき所業をするつもりではなかろうな」

美濃部は予想される小田切家の重役たちの対応ぶりを語った。大浦は目を白黒させていたが、

「本物の慶次郎さまがおられる以上、慶次郎さまが家督を継がれるのが当然のことにございます。決して、辰五郎ごときやくざ者の好きにはさせませぬ。大浦喜八郎、命に替えましても慶次郎さまに御家を継いでいただきます」

断固とした決意を示した。

「おまえの気持ちはわかった」

「ありがとうございます」

大浦が感激の面持ちとなったところで、

「では、大浦さま。お言葉通り、お手助け願います」

源之助の申し出に大浦は身構えた。

「病床に臥せっておられる小田切讃岐守さまの病気見舞いを並河西庵先生と、その高弟美濃部堂薫先生にお願いできるよう取り計らっていただきたい」

「承知した」

大浦は力強く答えた。

「次に……」

源之助は立ち上がる。すると、続いて、

「御免」

玄関からひときわ大きな声が聞こえてきた。

「さて、さて」

源之助はうれしそうな声を発した。廊下をみしみしとした足音が近づいてきて、

「失礼つかまつる」

笹原藤五郎が入って来た。

源之助が笹原を紹介する。笹原はうなずきながら腰を据えた。大浦はどうしていいかわからず、呆気に取られている。

「大浦さま、慶次郎さまの剣術指南役、笹原藤五郎殿にお願いしたい」

「はあ……」

大浦が口を半開きにしたところで、

「辰五郎の剣術指南役という名目で笹原殿にも小田切屋敷に乗り込んでいただきたいのでござる」

源之助に言われ、

「そういうことでしたら、是非とも。そうじゃ、殿は下屋敷にて療養されておられる。下屋敷のほうが気がねないのと、お庭が広々として心和みますからな。むろん奥方さまも下屋敷におわす」

大浦は請け負った。

好都合だ。賭場も下屋敷で開帳されている。

「剣術指南の腕前披露の場も下屋敷にてお願い致します」

さらなる源之助の申し出を大浦は承知した。

「では、並河先生並びに美濃部先生の小田切讃岐守さまご病気見舞いと、笹原藤五郎殿の剣術指南役登用のこと、よろしくお願い致します」

源之助が太い声で念押しをすると、大浦は眦《まなじり》を決した。

「では、準備が整うまで慶次郎さまはわが屋敷に居ていただこう」

「それでは、先生にご迷惑がかかります」

美濃部が遠慮すると、

「何を申す。師として弟子を守るのは当然のことだ。それとも、ここは、辰五郎一家に余りに近い。いかにも、危ないから止めると申すか」

並河の言葉は美濃部を刺激した。

「わたしは、恐れてなどはおりません。わかりました。再び、先生の弟子として初心に戻るつもりでここに留まり、医術の勉強と修業をやります。よろしくお願い致します」

美濃部は並河に頭を下げた。

「よかろう」

並河は至極満足そうにうなずいた。

源之助は組屋敷に戻った。

朝を迎え陽光が降り注ぐ中、木戸門前にあぐらをかき、背をもたれて眠りこけている男がいる。遠目にも矢作兵庫助だとわかった。

「おい」

源之助が肩を揺すると、矢作は目を開けた。日輪の光を受け、眩しげに両眼をしばたたいた。

「どうした。風邪ひくぞ。いや、下手《へた》したら凍え死ぬところだぞ」

「大丈夫だ。これしきの寒さで風邪なんぞ、引かん」

矢作が強がった途端にくしゃみをした。

「みろ、ま、いい。中に入れ」

源之助は矢作を促し屋敷の中に入った。源之助も矢作も無意識のうちに薄っすらと伸びた無精髭《ぶしょうひげ》を手で撫で回した。

玄関の引き戸を開ける。

すぐに久恵が出て来た。やつれていると思いきや、

「お帰りなされませ」

三つ指をついた姿は普段となんら変わりがない。源之助が一晩家を空けても、役目上のことだと思っているのだろう。源之助も特別にねぎらいの言葉も、帰らなかった

わけを話すこともなく居間へと入った。

「朝餉をくれ。矢作の分もな」

「すぐに支度を致します」

久恵は居間から出て行った。

「どうしたのだ」

「これはご挨拶だな。親父殿が心配になったのだ」

「ならば、わしの家か源太郎の家で待っておればよかったではないか」

源之助は笑い声を上げた。

「そうしようかとも思ったが、ちと、飲み過ぎてな。ここまで来た時にはずいぶんと夜がふけてしまったのだ」

なんだかんだと言い訳を並べたが要するに酔い潰れて木戸門前で寝てしまったようだ。

「で、例の一件、どうなった」

矢作はいかにももどかしげに問いかけてきた。

「それがな、話は思いもかけない方向へと進展したのだ」

源之助は美濃部堂薫こそが本物の小田切慶次郎であり、慶次郎の命を奪うべく小田

切家に入り込んだ辰五郎たちが動き始めたこと、

「辰五郎たちは、美濃部こと慶次郎さまの奥方の命を奪った。次なる標的は慶次郎さま本人だ。そこで、慶次郎さまは恩師である並河西庵先生の屋敷に避難した。もちろん、並河先生の屋敷に居続けることはできない。そこで、こちらから恵那藩邸に乗り込むことにした」

源之助は言った。

「面白いじゃないか」

矢作の顔が綻んだ。

「遊びじゃないぞ」

「そんなことはわかっているさ。なあ、親父殿、おれも一枚嚙ませろ」

「だから、おまえを楽しませるために行うのではない」

「しかしなあ、人数はいくらいてもいいはずだ。相手は辰五郎や手下たちが藩邸にはうようよとおるのだぞ。賭場だって開帳されておるのだ。賭場の方はおれに任せろ。おれが賭場で暴れてやる」

「なるほど、辰五郎の注意を賭場に引き付けておくのがいいかもしれんな」

源之助は矢作の申し出を受け入れることにした。南町きっての暴れん坊の手助けを受けない手はない。

そこへ朝餉が運ばれてきた。丼飯に豆腐の味噌汁、大根の浅漬け、納豆という質素な食事ながら、

「いやあ、この味噌汁、美味いですな、親父殿は毎朝、こんな美味い味噌汁を飲んでいるとは、羨《うらや》ましい限りですぞ」

矢作が決して世辞を言っているのではなく、心底からそう思っているのは、食べっぷりが物語っている。味噌汁を啜り上げ、餓鬼《がき》のように飯を食らい、あっと言う間に飯と味噌汁のお替りをした。久恵は矢作の食べっぷりを啞然として見入っていたが、やがて笑みを浮かべ、

「どうぞ、たくさん召し上がってくださいね」

矢作は遠慮するような男ではない。その無遠慮さは、不愉快どころか、清々《すがすが》しくさえあった。源之助も健啖家《けんたんか》であるが、若さに勝る矢作には勝てない。それでも、負けず嫌いの性格はどうしようもなく、こんなところでも意地を張ってしまう。

「わたしも飯のお替わりだ。大盛りでな」

平然と久恵に言いつけ、待つ間に大根の浅漬けを音を立てて嚙んだ。

「親父殿、お若いな」

矢作がおかしそうに笑った。

「当たり前だ。おまえには負けん」

源之助は久恵から弁を受け取ると、矢作にも負けない猛然たる勢いで飯をかき込んだ。大の男二人が朝餉をがっついて食べる姿はみっともないを通り越して滑稽《こっけい》であった。

なんとも長閑《のどか》な冬の朝であった。

「ならば、親父殿、決行する時は必ず声をかけてくれよ」

「約束する」

源之助も深く首肯した。

「お袋殿、美味かったです。ありがとうございます」

矢作は一礼してから居間を出て行った。

「お休みになりますか。それとも、湯屋へ行かれますか」

「しばし、休むとする」

腹が膨れ、眠気が襲ってきた。

三

霜月の二十日、下屋敷。

昼八つ半（午後三時）源之助は笹原藤五郎と共に、向島三囲稲荷の裏手にある小田切家下屋敷にやって来た。笹原はさすがに飲んではおらず、一張羅《いっちょうら》だという羽織、袴に身を包んでいた。長屋門脇の潜り戸から屋敷内に入る。大浦喜八郎が出迎えた。

「よろしくお願い致す」

笹原が一礼する。

「まずは、重役方に笹原殿の剣をお見せ願いたい。本気で披露《ひろう》願いたい」

大浦は小声で言った。

「むろん、そのつもり」

笹原は胸を張って了承したが、すぐに、

「まかり間違って、登用されることはござりますまいな」

と、危ぶみの表情を浮かべた。

「それはござらぬ。なにせ、御指南相手の慶次郎さまは偽者なんですからな」

大浦の答えに笹原はうなずいた。

大浦に案内され御殿の裏手に構えられた道場へと向かう。

屋敷内は掃き清められ、一葉の枯葉も落ちていない。とはいえ、落葉樹が曇天の下、寒さを際立たせている。分厚い雲が空を覆い、吹く風は冷たい。凍えそうな寒風に身がすくみそうになるが、譜代名門の大名家の威厳ゆえか、背筋が伸び、これから行う企てと相まってぴりりとした緊張に包まれている。行き交う家臣たちに会釈を送りながら御殿の脇を通り過ぎる。

やがて板葺き屋根の簡素な建屋が見えてきた。大浦が道場だと教えてくれた。

道場の前を幔幕《まんまく》が囲っていた。風に幔幕がはためき、糸輪に蔦《つた》を描いた小田切家の家紋が揺れている。

幔幕越しに大浦が、

「笹原藤五郎殿、お連れしました」

と、声を放つ。

入れと声がかかり、幔幕が捲り上げられた。白砂が敷き詰められ、五人の侍が床几《しょうぎ》に腰を降ろしていた。大浦に続いて源之助と笹原は中に入り、片膝をついた。

大浦が、

「お話し申しました、笹原藤五郎殿と北町の蔵間源之助殿です」

と、源之助の紹介で笹原を剣術指南役にぴったりゆえ登用を考えたのだと言い添えた。五人のうち、真ん中に座すのが江戸家老高山将監《たかやましょうげん》だと大浦から教えられていた。他には側用人《そばようにん》、公用方頭取《とうどり》、留守居役《るすいやく》、目付《めつけ》が検分するために同席しているのだとか。

江戸家老の高山が、

「蔵間、笹原を推挙《すいきょ》するというわけは、かつて笹原が若さまの剣術指南を行っておったからと聞いたが」

「おおせの通りでございます。笹原殿は剣術の腕はもとより、幼き慶次郎さまのご訓育にも熱心であられた。こたび、慶次郎さまが小田切家の家督を相続された暁《あかつき》には、剣術指南役としてまことにふさわしいお方と存じます。また、慶次郎さまも笹原殿との再会をお喜びになられることでしょう」

源之助は言上《ごんじょう》した。

高山はうなずくと、

「笹原の腕を疑うものではないが、小田切家当主となられるお方の剣術指南役を任せるからには、念のため腕を見せていただく」

家中でも選りすぐりの使い手であるという三人の侍が入って来た。三人は揃って、額に鉢金《はちがね》を施し襷掛《たすきが》け、袴の股立《ももだ》ちを取っていた。

笹原は立ち会うべく、腰を上げた。羽織を脱ぎ、大刀の下《さ》げ緒《お》で素早く襷を掛け、袴の股立ちを取ると、大浦から木刀を渡された。

源之助は大浦に、

「賭場を覗いてきます」

と、耳打ちをした。大浦は軽く首肯した。

笹原が三人との立会いを行っている間、源之助は裏門近くにある賭場へと向かった。空は黒味がかり、雪催《ゆきもよ》いの様相を呈しているが、最早寒さは感じない。


その頃、美濃部は並河と共に、父である小田切讃岐守の病床へとやって来た。小田切は布団に身を横たえたまま、弱々しげな目で二人を見上げた。並河が、小田切の脈を取ろうとした。それを美濃部が無言で自分にやらせて欲しいと申し出た。並河は静かにうなずき、美濃部に席を譲った。

美濃部は小田切に向かって一礼してから脈を取った。万感籠った目で小田切を見下《お》ろす。そこへ、

「奥方さまがいらっしゃいました」

侍女が告げた。

襖が開き、初老の女が入って来て、小田切の枕元にそっと正座をした。打ち掛けの衣擦《きぬず》れの音がかすかに響き、寝間の静寂を際立たせ、小田切の生命が長くはないということを予感させる。

「並河殿、本日はありがとうございます」

奥方のお千代《ちよ》は軽く頭を下げた。

「讃岐守さま、穏やかに眠っておられますな」

並河は言った。

「年を越せましょうか」

お千代は小田切から並河に視線を転じた。

「正直に申して、難しいでしょう」

並河は静かな口調ながらはっきりと答えた。お千代は、

「そうですか」

と言い、再び小田切を見たがふと美濃部に目をやった。並河が、

「弟子の美濃部堂薫でございます。大変に優秀なる医師でございます」

「さようですか」

お千代は美濃部に微笑みかけた。美濃部は黙ってお千代を見返した。お千代は美濃部の視線を受け、小首を傾げた。美濃部はお千代から視線を外さない。お千代は困惑の表情を浮かべた。すると、侍女が美濃部に批難の目を向ける。十万石の奥方さまに対し無礼であろうと言いたげだ。

それでも、美濃部は視線をそらそうとはしないため、堪《たま》りかねたように膝を進め、美濃部ではなく並河に抗議の姿勢を見せた。しかし、並河も知らん顔を決め込んでいる。

侍女が、

「並河先生」

ついには訴えるような声を発した。

すると、お千代が美濃部のそばに座った。そしてしげしげと美濃部を見る。美濃部は黙っている。

お千代の目が見る見る驚愕《きょうがく》に彩られた。

「そなた……」

くぐもった声を漏らし、混乱したように首を左右に振る。

「奥方さま、いかがされましたか」

お千代のただならぬ様子に侍女も動揺した。しかし、お千代の耳には入らないようで、侍女の言葉には耳を貸すことなく美濃部ににじり寄る。

「そなた……」

と、声を震わせた。

美濃部が穏やかに微笑み、

「母上、お久しゅうございます」

「慶次郎、そなた、慶次郎なのですね」

お千代は身を震わせた。

「奥方さま、気を確かに持たれませ。こちらは医師の美濃部先生でございますぞ」

侍女が訴えかけるのを無視してお千代は、

「慶次郎、間違いなく慶次郎ですね」

と、主張して譲らない。並河が、

「間違いございません。こちらこそが正真正銘、まことの慶次郎さまでございます」

「なんと……」

お千代は絶句した。しばし美濃部の顔を見ていたが、

「そうです。見間違えようがございません。たとえ、十一年の月日が経っておろうと、

そなたの面影はしっかりと胸に刻んでおります。慶次郎、よくぞ戻ってくださいました」

侍女が、

「ですが、既に慶次郎さまはお戻りでございます」

お千代も、

「並河先生、では、今の慶次郎は」

「偽者でございます」

並河は慶次郎がやくざ者の辰五郎であり、辰五郎が小田切家に入り込んだ経緯を語った。お千代の顔が驚愕に彩られる。

「やくざ者が小田切家を乗っ取るのですか。そのようなこと許されていいはずはございません」

「いかにもその通りでございます。ですから、わたしはこうしてやってまいりました」

美濃部は言った。

「ですが、既にやくざ者が……」

お千代はあまりのことに混乱している。無理もない。息子と信じていた男が実はやくざ者であったなどと、こんな衝撃は生涯で味わったことがなかろう。

「殿」

お千代は小田切に語りかけた。

昏睡していた小田切の目が薄っすらと開いた。

「殿、慶次郎ですよ。慶次郎が帰って来たのです」

お千代は小田切の手を握り締めた。小田切はわずかに首を動かし、美濃部に視線を向けた。美濃部は黙っている。

「慶次郎、さあ、お父上に挨拶をなさい」

お千代の目から涙が溢れた。

「父上、慶次郎にございます」

美濃部は優しく語りかけた。小田切はうなずくのが精一杯のようで言葉は発せられない。

「殿、慶次郎ですよ」

お千代の方はもう一度言った。

「慶次郎……」

小田切は言葉を発した途端に咳き込んだ。

「楽になされよ」

美濃部は小田切に言う。小田切は咳をしながらも、何かを話すべきと思ったのか身を起こそうとした。

それを、

「父上、寝ておられよ」

美濃部は諌《いさ》め、寝ているように告げる。小田切は美濃部の言いつけに従い、枕に後頭部を沈めた。

「わたしが、父上を看取ります」

美濃部は言った。

「では、家督を継いでくれるのですね」

「いいえ」

美濃部は首を横に振る。

「そんな……」

お千代は涙を啜り上げた。

「わたしは、小田切家を出た者です。もう、戻るつもりはありません」

「では、やくざ者が小田切家を継ぐことを見過ごすのですか」

お千代の口調は強くなった。

「決して見過ごしません。ですから、こうして並河先生と一緒にやって来たのです」

美濃部は強い決意を胸に包むように双眸を光らせた。

四

源之助は賭場へとやって来た。

帳場にどっかと座っていた恵那山が腰を浮かした。

「あ、あんた、何しに来たんだ」

浴衣の胸をはだけ胸毛が見えた。

「賭場に来たのだ、博打をやりに来たに決まっているだろう」

恵那山は気を取り直し、

「いい度胸してるな」

「五両だ。さっさと駒に換えろ」

大浦からもらった残金五両を駒に換えた。駒を受け取ると、

「慶次郎さま、いや、辰五郎を呼べ。差しで勝負だ」

「えらそうに抜かすな。若さまはな、今はお忙しいんだ」

恵那山はぶっきらぼうに返す。

「せっかく、美濃部堂薫の居場所を教えてやろうと思ったのにな」

「あんた、知らねえって惚《とぼ》けていたじゃないか」

恵那山は美濃部を並河屋敷に連れて行った日から連日、手下を奉行所に寄越して美濃部の所在を問うてきた。源之助は知らないと答え続けた。恵那山も奉行所で事を荒立てることは控えた。

「おれを侮るな。町奉行所の同心だぞ。美濃部の所在くらい探り当てたさ」

「なら、教えろ」

「おまえには教えぬ。辰五郎に教える。差しで勝負をし、負けたら今度こそおれが美濃部を斬る」

「信じられんな」

恵那山は薄笑いを浮かべた。

「おまえが判断するな。決めるのは辰五郎だろう。辰五郎に報らせろ」

源之助は賭場に入って行った。

笹原は三人を難なく討ち負かした。

「お見事」

大浦が声をかけると、重役たちからも賞賛の声が上がった。そこへ、慶次郎こと辰五郎がやって来た。紺の胴着に身を包み、木刀を右手に持っている。

重役たちは一斉に床几から立ち上がり、片膝をつく。笹原も大浦も同様に片膝をつき頭を垂れた。

「その方が、剣術指南役か」

辰五郎は言った。

「笹原藤五郎にございます」

笹原は立ち上がり、辰五郎を見据えた。

「そうか。今後、よろしく頼む」

辰五郎はぶっきらぼうに返すと無造作に木刀を振り回した。大浦が、

「若さま、笹原殿でございます」

と、声をかける。

辰五郎は横を向いたまま、

「聞いた」

と、吐き捨てた。

「若さま、お懐かしゅうはございませぬか」

大浦の問いかけに辰五郎は笹原を流し見た。その表情は懐かしさのかけらもなく、あるのは困惑ばかりである。

「慶次郎さま、お久しゅうございます。お見忘れか」

笹原は言った。

辰五郎は視線を宙に彷徨《さまよ》わせた後、

「ああ、そうじゃった。懐かしいな」

「いや、無理もありませぬな。拙者が若さまに剣術の手ほどきをしたのは若さまが、九つの頃でしたからな」

「そうじゃったな」

辰五郎の口調が鈍る。

すると笹原は首を傾げ、

「いや、間違った。十の頃でした」

「そ、そうであったか」

辰五郎は口ごもった。笹原は尚も、

「ところで、木刀をちゃんと右に持っておられ、素振りのご様子からして、左利きを直されたようだ」

「左利き……」

辰五郎はしどろもどろとなった。

「ずいぶん、やんちゃな若さまで、拙者が何度申しても聞く耳を持ってくださらなかった。その後、小田切家を出られ市井《しせい》に身を潜ませておられたとか。てっきり、左利きのままでおられると思っておりました。左利きのままでは、剣術指南は困難であると心配しておったのですが、杞憂《きゆう》でした。市井暮らしで直されたのですか」

笹原の声は大きくなった。

重役たちの顔に不安の影が差した。

雪催いの空から白い欠片《かけら》が舞い落ちてきた。雪が降りだした。

家臣が一人駆け込んで来て辰五郎に耳打ちをした。辰五郎の目が尖った。

「雪だな。本日はこれまでとする」

辰五郎は言い置くと、重役たちが止めるのも聞かずに走り去った。

重役たちは顔を見合わせた。大浦が、

「あれは、まことの慶次郎さまではございません」

続いて笹原も、

「慶次郎さまではございませぬな」

と、断言した。

「そんな……。それでは、小田切家はどうなる」

高山が思わずといった様子で口走ると、

「御家老、今は御家のことより、まことの慶次郎さまのことを心配なさるべきではございませんか」

大浦が返した。

「慶次郎さま、生きておられるのか」

高山は声を上ずらせた。

大浦も笹原もしっかりと首肯した。

雪がしんしんと降り積もっていった。

源之助は賭場で辰五郎を待っていた。

やがて、辰五郎が入って来た。紺の胴着姿のまま、血相を変えた様子に客たちは恐れをなし、みな口を閉ざし博打の手を止めた。恵那山が客たちを追い立て、賭場から出て行かせた。

辰五郎は源之助の前に座り、

「恵那山から聞いたぞ。本当に慶次郎さま、いや、美濃部堂薫の居場所を知っているんだな」

「知っておる」

「がせネタだと承知しねえぞ」

「どうした、馬鹿に焦っているじゃないか」

源之助は笑みを投げかけた。

「やばいことになった。いいから、教えろ」

「勝負だ。おれに博打で勝ったら、教えてやるどころか、美濃部を斬ってやる」

「本気か」

「武士に二言《にごん》はない、と言いたいが、信用せぬというのなら、十手《じって》をかけよう」

源之助は腰から十手を抜いて盆茣蓙《ぼんござ》の上に置いた。紫の房が黒ずんでいる。源之助の同心としての確かな履歴を物語っていた。

「申すまでもなく、十手は八丁堀同心の命だ」

「そこまで言うのなら勝負してやろうじゃねえか」

辰五郎は舌なめずりをした。次いで、千両箱を持ってくるように手下に命じたが、

「金はいらん。おれが勝ったら、小田切家から出て行け」

源之助が手下を引き止めた。

「面白えじゃねえか」

辰五郎は応じた。

「ならば、勝負だ」

「一回こっきりだぜ」

辰五郎は中盆を見た。中盆はうなずくと、手下の一人に耳打ちをした。手下は賭場から出て行った。床下に潜って細工をするつもりだろう。

「さあ、いくぜ」

辰五郎に言われ中盆が壺振りを促す。壺振りはサイコロを二つ壺に入れた。

五

壺が伏せられた。

中盆が声をかける前に、

「丁」

源之助は駒の代わりに十手を置いた。

辰五郎は無表情で半と告げた。

「丁、半、駒揃いました」

中盆が抑揚をつけた声を発した。

壺振りが壺を開けた。サイコロの目は、一と一、すなわち、「ぴんぞろの丁」である。辰五郎が張った反目である。

中盆は声を発せられない。辰五郎は目が点となり、次いで顔がどす黒く膨らんだ。

「ふざけるな！」

怒髪天を衝《つ》く勢いで大声を上げ、サイコロに手を伸ばした。源之助は十手を掴むや辰五郎の手をぴしゃりと叩いた。辰五郎ははっとして源之助を向く。

「勝負ありだ。小田切家から出て行け」

「何かの間違いだ……」

辰五郎はうつろな目で呟いた。

「間違いだと、間違いとはなんだ。丁と半を間違って言ったというのか」

源之助はにんまりとした。

「いや、そうじゃねえが……。もう一度だ」

「勝負は一度きりだということであったが、ま、いいだろう。特別に受けてやる」

「今度はおれが先に張らしてもらうぜ」

辰五郎は源之助が承知する前に、壺振りに壺を振らせた。壺の中からサイコロがぶつかる音が聞こえ壺が伏せられると同時に、

「半だ、半！」

辰五郎は大声を発した。源之助は耳に指を入れ、

「そんな大きな声を出さなくてもわかる。おれは、丁だ」

と、告げた。

辰五郎は額から汗を滴らせ、食い入るようにして壺を睨み付けた。余りの迫力に壺振りも中盆も、そして恵那山も首をすくめ、辰五郎の怒りを買わないよう目をそむけている。あまりの緊張でか、壺を開けようとしない壺振りを中盆が促す。

壺振りが壺を開けた。

「馬鹿野郎！」

辰五郎は壺振りを殴りつけた。壺振りは後方に吹っ飛んだ。サイコロは、またしても一と一、つまり、

「ピンゾロの丁だな。勝負ありだ」

源之助は声高らかに言った。

「畜生、どういうことだ。二度続けて丁、しかもピンゾロの丁とはどういうことなんだ」

辰五郎は中盆を蹴り飛ばした。中盆は床を転げ回りながら、

「わけわかりませんや」

と、辰五郎に許しを請うた。

「辰五郎、折檻《せっかん》する相手が違うのじゃないか。折檻する奴はこの下にいるのだろう」

源之助が視線を落としたところで盆茣蓙がひっくり返った。辰五郎が目をむく。

「あいにくだったな」

床下から矢作兵庫助が顔を出した。男の襟首を摑んでいる。

「て、てめえは誰だ」

辰五郎が怒鳴った。

「南町の矢作兵庫助だ。床下でからくりを見せてもらったぜ。こいつ、なかなか使えるな」

矢作は哄笑を放った。

「おのれ、いかさまを仕組みやがって」

「その言葉、そっくり返してやるぜ」

矢作は床下から這い上がって来た。源之助が、

「出て行け、このやくざ者」

「うるせえ、おい、やっちまえ」

辰五郎は怒鳴った。恵那山は手下をけしかける。

「面白いぜ。そうこなくちゃな」

矢作はぼきぼきと指を鳴らした。源之助は十手を腰に差し、大刀を抜き放つ。

「逃がすなよ」

辰五郎は恵那山に命じた。恵那山は返事の代わりに盆茣蓙に使っていた畳を持ち上げると凄まじい勢いで振り回した。源之助は避けきれずに弾き飛ばされた。床に大刀が転がる。矢作が恵那山に向かおうとしたところで、手下が二人、匕首片手に突進して来る。

「馬鹿め」

矢作に蹴り飛ばされた。

源之助は大刀に手を伸ばした。辰五郎は手下から長脇差を受け取り、刃を向けてき

た。咄嗟に羽織を脱ぎ、右手に持つと振り回す。辰五郎は後ずさった。

羽織を捨て大刀を拾うと抜き放った。

辰五郎と対決しようと身構えたところで巨大な影を背後に感じた。

と、思ったら恵那山に抱きつかれた。身動きができないまま、投げ飛ばされる。床に叩きつけられ、またしても大刀を落としてしまった。

肩と背中に痛みを感じながら仰向けになったところで、恵那山が馬乗りになった。腹や胸に恵那山の重みを感じ、息が詰まる。恵那山は両手を伸ばし、源之助の首を絞めた。

息が詰まるどころか呼吸もままならない。

両手をばたばたと動かし恵那山を退かそうとしたが、びくともしない。

矢作は畳を持ち上げて群がる敵に向かった。敵が弾き飛ばされたところで、辰五郎が向かって来た。

「やってやろうじゃねえか」

矢作は畳を捨て、辰五郎に斬りかかる。辰五郎は受け止めた。

二人は鍔《つば》競《ぜ》り合《あ》いを演じた。賭場の真ん中でお互い、一歩も引かず睨み合った。

源之助は次第に意識が遠退いていた。負けるもんかと自分に言い聞かせたところで、身体が軽くなった。首から恵那山の手が離れ大きく息を吸った。

恵那山が立ち上がる。

「い、痛え」

恵那山のわめき声が聞こえた。

美濃部が左手で恵那山の髷を摑み引き起こしていた。

「恵那山、勝負だ」

美濃部は言うと恵那山にぶつかった。

「おう！」

恵那山は雄叫《おたけ》びを上げ、美濃部と組み合う。

「やくざ者め、まとめてかかってまいれ」

何時《いつ》の間《ま》にか笹原藤五郎も駆けつけていた。言葉通り、やくざ者たちを次々と木刀で叩き伏せていく。

矢作は、

「思い知れ、この偽者が！」

怒声を浴びせると辰五郎を押し飛ばした。辰五郎の身体が床を転がる。矢作は大刀を逆手《さかて》に持ち、辰五郎めがけて突き刺した。

「ひえ〜」

辰五郎は情けない悲鳴を上げた。大刀の切っ先が袴を貫き、床に縫いつけられた。

辰五郎はしばらくもがいていたが、やがて観念したように大の字となった。

美濃部と恵那山は四つに組んでいた。恵那山の顔には余裕の笑みが広がっている。

「そんなもんですかい、若さま」

美濃部の背中をぽんぽんと右手で叩いた。

と、次の瞬間、

「食らえ！」

美濃部は裂帛《れっぱく》の気合いと共に、帯を摑んでいた左手に力を込めた。恵那山の顔から笑みが消え、焦りで歪む。

恵那山の身体が持ち上がり、次いで宙を舞った。

激しい音と共に恵那山は床《ゆか》を転がった。転がった先に源之助が待ち構え、

「観念しろ！」

と、大刀の切っ先を鼻先に突きつけた。

恵那山は恐怖で顔を引き攣《つ》らせ首を縦に振り、

「若さまに左四つに組まれたら、あなどれなかったってこと忘れていたぜ」

と、大きくため息を吐いた。

そこへ、高山以下重役たちがやって来た。更には、大浦が小田切家の家臣を引き連れて乗り込み、辰五郎たちを引き立てていった。

「慶次郎さま、どうか、御家にお戻りくださりませ」

高山は美濃部の前で両手をついた。重役たちも揃って頭を垂れる。

「わしは町医者の美濃部堂薫だ。小田切慶次郎などではない」

美濃部はすげなく返す。

「慶次郎さま、小田切家に対する様々な思いがございましょう。ですが、それを伏してお願い申し上げます。今、小田切家は存亡の危機を迎えているのでございます。どうか、どうか……」

「うるさい」

美濃部は左手で高山の言葉を払い除けた。高山は気圧《けお》され黙り込んだ。

「その方らは、口を開けば御家のため、御家の大事ばかりじゃ。体面を取り繕うことばかりじゃ。わしに戻って欲しいのも、御家のためであろう。よいか、わしはそんな小田切家に愛想をつかしたのじゃ」

美濃部に言われ、高山たちは顔を上げることができない。

すると、奥方が侍女を連れて入って来た。源之助と矢作、笹原も、打ち掛け姿と侍女たちにかしずかれている様子から小田切讃岐守の奥方と察し、賭場の隅で控えた。

お千代は美濃部の前に座した。

高山たちは脇で平伏した。

「慶次郎殿、母としての願いです。どうか、御家に戻ってください」

美濃部を見上げるお千代の両眼は潤んでいた。

「父上を看取ります」

美濃部はそれだけ言い残し、賭場から出て行った。

六

文化十三年の年の瀬も迫った師走《しわす》二十日の昼下がり、源之助は日本橋長谷川町の履物問屋杵屋を訪れていた。

母屋の庭は雪が降り積もり、真綿を敷き詰めたようだ。

「酷暑だと雪がよく降るとは本当かもしれませぬな」

雪見障子から覗く庭に視線を這わせながら源之助は言った。

「まったくですな。池の鯉も岩陰に身を潜ませ、餌を食べるのも億劫《おっくう》そうです」

善右衛門は言うやぶるっと身体を震わせた。どてらを着込む自分を恥じ入るようにして、

「蔵間さまはお元気ですな。わたしなどは、何枚着重ねても寒さひとしおです」

「痩せ我慢というものですよ。この通り、善右衛門殿の前では、背中を丸めて火鉢に当たっておりますからな」

源之助が言ったように、二人で火鉢を抱きかかえるような有様だ。碁を打とうと、どちらも言い出さなかった。ひたすら熱い茶を啜り、面白くもない世間話で時を過ごしている。

「そういえば、美濃部先生、小田切家にお戻りになられたとか」

善右衛門が言った。

結局、美濃部堂薫は小田切家の家督を継いだ。辰五郎や恵那山は北町奉行所に引き渡され、米問屋美濃屋の女房お久美、油問屋扇屋の娘お勝、夜鷹のお民殺しの罪により、辰五郎と恵那山は打ち首、手下たちは遠島処分となった。

美濃部が小田切家に戻ったのは、母親の願いもあったが、恩師並河西庵の説得が大きかった。並河は美濃部に今後は大勢の医師を育ててはと進言した。すなわち、小田

切家が医師養成の藩校を作ってはと提案したのだった。並河をはじめ高名な医師を招いて講義を行い、武士や町人という身分にとらわれず、医師を志す者に門戸を開く。貧しき者からは受講料は取らず、医師となってから返済させる。

美濃部は恩師の提案を受け入れ、実施することを条件に小田切家を継いだということだ。

「美濃部先生、いや、慶次郎さまらしいと言えば、らしいですな」

源之助の言葉に、

「わたしは、やんちゃな頃の慶次郎さましか存じませんので、意外な思いがします」

善右衛門は盛んに首を捻った。

「医術に出遭い、生きる術《すべ》を知ったということですかな。更に慶次郎さまらしいのは、医師養成の藩校が出来るのが待ちきれず、本所割下水《ほんじょわりげすい》にある小田切家の中屋敷に診療所を開かれたとか」

「ほう、藩邸に診療所を……」

善右衛門は目をしばたたいた。

「貧しき者からは診療費を受け取らず、並河先生の門人が診療に当たっているそうですが、辛抱できぬのでしょうな。時折、慶次郎さまも診療に当たられるそうです」

「十万石の殿さまに診療されては、される患者も迷惑ではございませんか。恐縮してかえって病が重くなりはしませんかな」

「むろん、素性は隠され、お忍びで診療に当たっておられるとか。あくまで、町医者美濃部堂薫として診療されておられるそうです」

「そこまでして、医師であり続けたいのですか」

「医師を捨てきれないのと、お堅い藩邸の暮らしぶりがまだ板についていないからかもしれませぬな。ただ、人柄は大分丸くなられ、患者たちには優しく接しておられるとか。もっとも、鬱憤が溜まるのか、他の医師の手際が悪いと医師たちに癇癪を起こされるとか」

「三つ子の魂百までも、ですかな」

善右衛門が噴き出すと、源之助も釣られて笑い声を上げた。

その時、庭の松に降り積もった雪がどさっと落ちた。

「わたしたちが噂にしているので、慶次郎さま、癇癪を起こされましたかな」

源之助は庭を眺めやった。

善右衛門が大きなくしゃみをした。火鉢から灰が舞い上がる。源之助がむせたため、

「申し訳ございません」

善右衛門は詫びたものの、詫びながらもくしゃみを繰り返した。

「医師に診てもらったらどうです。なんでしたら、よい診療所を紹介しますぞ。本所辺りで」

源之助が笑顔を向けると、

「結構でございます。かかりつけのお医者さまに診ていただきます」

善右衛門はかぶりを振った。

「一局、やりますか」

源之助は立ち上がると部屋の隅に置かれた碁盤に向かって歩きだした。

時代小説
二見時代小説文庫

十万石《じゅうまんごく》を蹴《け》る 居眠《いねむ》り同心《どうしん》 影御用《かげごよう》18

著者 早見《はやみ》 俊《しゅん》

発行所 株式会社 二見書房
東京都千代田区三崎町二-一八-一一
電話 〇三-三五一五-二三一一［営業］
〇三-三五一五-二三一三［編集］
振替 〇〇一七〇-四-二六三九

印刷 株式会社 堀内印刷所
製本 ナショナル製本協同組合

ISBN978-4-576-15181-6
http://www.futami.co.jp/

居眠り同心 影御用 源之助人助け帖

早見俊［著］

凄腕の筆頭同心蔵間源之助はひょんなことで閑職に左遷されてしまった。暇で暇で死にそうな日々にさる大名家の江戸留守居から極秘の影御用が舞い込んだ！ 第1弾！

朝顔の姫 居眠り同心 影御用2

早見俊［著］

元筆頭同心に、御台所様御用人の旗本から息女美玖姫探索の依頼。時を同じくして八丁堀同心の審死が告げられた…左遷された凄腕同心の意地と人情！ 第2弾！

与力の娘 居眠り同心 影御用3

早見俊［著］

吟味方与力の一人娘が役者絵から抜け出たような徒組頭次男坊に懸想した。与力の跡を継ぐ婿候補の身上を探れ！「居眠り番」蔵間源之助に極秘の影御用が…！

犬侍の嫁 居眠り同心 影御用4

早見俊［著］

弘前藩御馬廻り三百石まで出世し、かつて道場で竜虎と謳われた剣友が妻を離縁して江戸へ出奔。同じ頃、弘前藩御納戸頭の斬殺体が柳森稲荷で発見された！

草笛が啼《な》く 居眠り同心 影御用5

早見俊［著］

両替商と老中の裏を探れ！ 北町奉行直々の密命に居眠り同心の目が覚めた！ 同じ頃、見習い同心の源太郎が行き倒れの少年を連れてきて…。大人気シリーズ第5弾！

同心の妹 居眠り同心 影御用6

早見俊［著］

兄妹二人で生きてきた南町の若き豪腕同心が濡れ衣の罠に嵌まった。この身に代えても兄の無実を晴らしたい！ 血を吐くような娘の想いに居眠り番の血がたぎる！

殿さまの貌《かお》 居眠り同心 影御用7

早見俊［著］

逆袈裟魔《ぎゃくげさま》出没の江戸で八万五千石の大名が行方知れずとなった！ 元筆頭同心で今は居眠り番と揶揄される源之助のもとに、ふたつの奇妙な影御用が舞い込んだ！

信念の人 居眠り同心 影御用8

早見俊［著］

元筆頭同心の蔵間源之助に北町奉行と与力から別々に二股の影御用が舞い込んだ。老中も巻き込む阿片事件！ 同心の誇りを貫き通せるか。大人気シリーズ第8弾！

惑《まど》いの剣 居眠り同心 影御用9

早見俊［著］

居眠り番蔵間源之助と岡っ引京次が場末の酒場で助けた男の正体は、大奥出入りの高名な絵師だった。なぜ無銭飲食などをしたのか？ これが事件の発端となり…。

青嵐《せいらん》を斬る 居眠り同心 影御用10

早見俊［著］

暇をもてあます源之助が釣りをしていると、暴れ馬に乗った瀕死の武士が…。信濃木曽十万石の名門大名家に届けてほしいとその男に書状を託された源之助は…。

風神狩り 居眠り同心 影御用11

早見俊［著］

源之助の一人息子で同心見習いの源太郎が夜鷹殺しの現場で捕縛された！ 濡れ衣だと言う源太郎。折しも街道筋を盗賊「風神の喜代四郎」一味が跋扈していた！

嵐の予兆 居眠り同心 影御用12

早見俊［著］

居眠り同心の息子源太郎は大盗賊「極楽坊主の妙蓮」を護送する大任で雪の箱根へ。父源之助の許には妙蓮絡みの奇妙な影御用が舞い込んだ。同心父子に迫る危機！

七福神斬り　居眠り同心 影御用13
早見俊［著］

元普請奉行が殺害され亡骸には奇妙な細工！ 向島七福神巡りの名所で連続する不思議な殺人事件。父源之助と新任同心の息子源太郎よる「親子御用」が始まった。

名門斬り　居眠り同心 影御用14
早見俊［著］

身を持ち崩した名門旗本の御曹司を連れ戻すという単純な依頼には、一筋縄ではいかぬ深い陰謀が秘められていた。事態は思わぬ展開へ！ 同心父子にも危険が迫る！

闇の狐狩り　居眠り同心 影御用15
早見俊［著］

碁を打った帰り道、四人の黒覆面の侍たちに斬りかかられた源之助。翌朝、なんと四人のうちのひとりが、寺社奉行の用人と称して秘密の御用を依頼してきた。

悪手《あくしゅ》斬り　居眠り同心 影御用16
早見俊［著］

例繰方《れいくりかた》与力の影御用、配下の同心が溺死した件を内密に調査してほしいという。一方、伝馬町の牢の盗賊が本物か調べるべく、岡っ引京次は捨て身の潜入を試みる。

無法許さじ　居眠り同心 影御用17
早見俊［著］

火盗改の頭から内密の探索を依頼された源之助。火盗改密偵三人の謎の死の真相を探ってほしいというのである。〝往生堀〟という無法地帯が浮かんできたが…。

抜き打つ剣　孤高の剣聖 林崎重信1
牧秀彦［著］

父の仇を討つべく八歳より血の滲む修行をし、長剣抜刀「卍抜け」に開眼、十八歳で仇討ち旅に出た林崎重信。十一年ぶりに出羽の地を踏んだ重信を狙う刺客とは…!?

燃え立つ剣　孤高の剣聖 林崎重信2
牧秀彦［著］

日《ひ》の本《もと》の兵法者が競う御前試合に臨まんとする林崎重信の胸に、昨年の命懸けの闘いが蘇ってきた。二刀を操る宮本無二斎、巌流佐々木小次郎。好敵手との決着は？